Chère lectrice,

Je vous le dis tout net : nos héros, ce mois-ci, sont vraiment étonnants. Dotés d'une volonté farouche, ils triomphent de tous les obstacles — ce qui, franchement, n'était pas gagné d'avance. Car vos auteurs favoris semblent s'être donné le mot pour multiplier les embûches sur le parcours de ces messieurs. Divergences d'opinion ou d'éducation, malentendus, fiançailles rompues, héroïnes rebelles ou entêtées... Rien ne leur est épargné ! Mais, de tous les maux qui les assaillent, le pire est sans doute l'incertitude. Qu'il s'agisse de Joshua, chargé d'enquêter sur la moralité d'une ravissante mère célibataire (Azur n° 2039), de Daniel, le millionnaire qui craint de n'être qu'une proie facile pour la jolie Mandy (n° 2041), de Nikolaï, aux prises avec une fougueuse intrigante (n° 2043) ou de Selby, découvrant qu'Abby est une journaliste *très* curieuse (n° 2045), une même conclusion s'impose : accorder sa confiance, c'est toujours prendre un risque. Surtout si l'on doute de l'honnêteté de l'être aimé... Des doutes, Celia, qui craint d'avoir été épousée par calcul (n° 2042), mais aussi Matt, Frazer et Michael en nourrissent autant. Car la lutte qui les oppose à leurs rivaux est forcément inégale. Comment en effet l'emporter contre un amant ou un mari dont le souvenir hante encore celle que vous aimez (n° 2040 et 2044) ? Que faire contre un fiancé trop riche et trop célèbre (n° 2046) ? Devant tant de questions sans réponse, nos héros s'imagineront d'abord vaincus... Mais rassurez-vous : ils retrouveront bien vite espoir !

Bonne lecture !

La responsable de collection

D0774048

Un père sur mesure

EMMA DARCY

Un père sur mesure

HARLEQUIN

COLLECTION AZUR

*Cet ouvrage a été publié en langue anglaise
sous le titre :*
FATHERHOOD FEVER !

Traduction française de
ANNE DAUTUN

HARLEQUIN ®
est une marque déposée du Groupe Harlequin
et Azur ® est une marque déposée d'Harlequin S.A.

*Toute représentation ou reproduction, par quelque procédé que ce soit, constitue-
rait une contrefaçon sanctionnée par les articles 425 et suivants du Code pénal.*
© 1998, Emma Darcy. © 2000, Traduction française : Harlequin S.A.
83-85, boulevard Vincent-Auriol, 75013 Paris — Tél. : 01 42 16 63 63
Service Lectrices — Tél : 01 45 82 47 47
ISBN 2-280-04744-6 — ISSN 0993-4448

1.

Matt Davis s'avança à l'air libre pour fumer une cigarette, aspirant une grande bouffée de tabac d'un air de défi. Au diable les bonnes résolutions ! songea-t-il en réprimant un élan de culpabilité.

« Si seulement tu me donnais un petit-fils, j'aurais une raison de vivre. » Ces paroles de sa mère résonnaient dans son esprit.

Il gagna à pas lents le jardin de l'établissement de cure, méditant sur son échec auprès d'elle. Il n'avait pas réussi à lui insuffler un peu d'énergie. Depuis la mort du père de Matt, elle sombrait dans la dépression, se laissait aller, n'avait goût à rien. En cet instant, chouchoutée par la kinésithérapeute, elle passait un bon moment. Mais cela ne l'arracherait pas à sa léthargie, il en était sûr.

Pourquoi tenait-elle tant à ce qu'il ait des enfants ? C'était absurde ! Il y avait de bien meilleures façons de surmonter un veuvage que de se transformer en grand-mère gâteau ! Elle n'avait que 55 ans, bon sang ! Et quand elle était en forme, elle savait se montrer si séduisante... Son père n'aurait pas aimé qu'elle reste inconsolable. Si elle sortait un peu, au moins, peut-être commencerait-elle à remonter la pente ? Mais cela exigeait un terrible effort de volonté quand la naissance d'un petit-fils ou d'une petite-fille, elle, s'apparentait à un don du ciel...

Le hic, c'est qu'il n'était pas si facile que cela de l'obtenir !

Matt s'immobilisa sur le perron et tira une nouvelle bouffée de sa cigarette, regardant la fumée dériver et disparaître dans l'air frais et sec. Envolée, pensa-t-il. Comme l'époque où les femmes se réjouissaient d'être des épouses et des mères. Toutes les compagnes qui avaient, à un moment ou à un autre, partagé sa vie considéraient la maternité comme une entrave à leur liberté. Elles n'étaient pas « prêtes », lui serinaient-elles à longueur de journée.

Pour sa part, pensa-t-il avec un sourire à demi ironique, il était prêt ! Oui, plus que prêt à devenir père. La vie de célibataire ne correspondait plus à ses attentes. A 33 ans, il commençait même à trouver son existence singulièrement vide. Sur le plan professionnel, son ambition était plus que satisfaite. Son entreprise de marketing direct, bien lancée, rapportait gros, assurant son avenir financier. Et, s'il ne se sentait pas esseulé, il avait très envie de partager tout cela avec une famille. Il ferait un bon père, il en était sûr...

Cette pensée fit surgir à son esprit le souvenir de son propre père, et il eut un accès de chagrin. Sa mère n'était pas seule à souffrir... Poussant un lourd soupir, il réprima sa tristesse. Les jours heureux ne reviendraient pas. Il fallait aller de l'avant !

Hélas, la croyance simpliste de sa mère, persuadée qu'il pouvait se marier et fonder une famille quand bon lui semblait, était un pur fantasme, de nos jours. Trouver une femme animée de désirs aussi démodés revenait à chercher une aiguille dans une botte de foin !

Carrière, voyages, bien-être... tout cela passait avant la mise au monde d'un enfant. La maternité constituait un engagement trop important pour qu'une femme consente à l'assumer avant d'y être prête, avaient décrété Janelle et Sue. Conclusion : pour devenir enfin père, il lui fallait soit dénicher une gamine de 20 ans qui ne savait rien de la vie, soit séduire une « quadra » tyrannisée par le tic-tac de son horloge biologique.

Or, aucune de ces deux possibilités n'exerçait un quelconque attrait pour Matt.

Ce qu'il désirait...

Le grondement d'une moto lancée à toute allure l'arracha à sa méditation. Il se tourna vers le bolide qui brisait le calme de l'établissement de cure — une petite machine sportive de moyenne cylindrée, d'un rouge brillant. Ducati 600 SS. Design italien. Très chic.

La moto stoppa au bout de l'allée, à quelques mètres de l'endroit où il se tenait. Son pilote mit pied à terre. Matt s'aperçut alors qu'il s'agissait d'une femme. Son esprit se mit aussitôt en mode « évaluation » : un corps féminin superbe, parfaitement proportionné, aux rondeurs affriolantes et d'allure dynamique, moulé dans une tenue de cuir noir, voilà ce qu'il avait devant les yeux ! Un élan d'excitation le traversa, éveillant sa virilité, qu'il croyait endormie.

Avidement, il guetta le moment où elle ôterait son casque, et la dévora du regard lorsqu'elle s'exécuta. Dans une sorte d'état second, il enregistra la séduction charmante et juvénile de son menton pointu et délicat, de ses grands yeux couleur de bleuet, de son nez finement architecturé, de sa bouche pulpeuse. Mais ce fut la chevelure qui arrêta son regard : un vrai feu de Bengale, en technicolor flamboyant.

Jamais il n'avait vu une chevelure pareille : cuivrée, encadrant le visage par un savant dégradé, elle était balayée par deux grandes mèches orange et or qui brillaient comme un halo, redessinant la courbe des joues.

Cette fille faisait surgir des idées toutes plus folles les unes que les autres. Sexy, cette femme-là ? Allons donc, c'était bien plus que ça. Portant haut l'audace, flirtant avec le danger, défiant les conventions, se fichant pas mal de l'impression qu'elle produisait, déterminée à danser sur sa propre musique, où que cela pût la conduire. Elle lui fouettait le sang et étouffait dans l'œuf toute pensée raisonnable. Il avait envie de...

— Est-ce que je peux laisser la moto ici pendant que je m'inscris à la réception?

Sa voix féminine fit irruption dans le maelström de désir où il tournoyait, le ramenant à la réalité. Des yeux bleus et brillants se posaient sur lui avec dérision, et il eut la désagréable impression que leur propriétaire était parfaitement consciente de l'effet qu'elle produisait sur lui. Déconcerté, un peu crispé, il livra la première réponse qui lui passa par la tête:

— Bien sûr. Elle ne se trouve pas sur la voie de passage.

Elle eut un sourire railleur.

— On triche, à ce que je vois.

— Pardon?

— Il est interdit de fumer dans cet établissement, lui lança-t-elle avant de se détourner.

Pendant qu'elle prenait son sac, arrimé au porte-bagages de la moto, il considéra la cigarette litigieuse pendue à ses doigts et s'empêcha à temps de l'expédier à terre. Souiller le sol avec un mégot allumé, ça, c'était répréhensible!

— Je n'intoxique personne en fumant dehors, argua-t-il.

— Les hommes se justifient toujours de tricher.

Piqué par son commentaire cynique, il répliqua:

— Et pas les femmes?

— Pensez-vous qu'une femme polluerait l'air pur que nous respirons? s'insurgea-t-elle en balançant son sac sur son épaule.

Puis elle se détourna pour l'examiner de haut en bas.

— Vous faites peut-être partie du personnel? Moniteur d'aérobic? Masseur?

— Invité, dit-il laconiquement.

Il se surprit à se redresser pendant qu'elle jaugeait hardiment sa stature, la largeur de son torse, l'épaisseur de ses muscles soulignés par le survêtement qu'il portait.

— Cet établissement est sûrement un terrain de chasse giboyeux, pour un macho tel que vous. Toutes ces femmes disponibles, attendant qu'on s'occupe d'elles...

Elle se dressait devant lui telle une jolie sorcière provocante, tête inclinée sur le côté, une main repliée sur la bandoulière du sac, l'autre plantée crânement sur la hanche, jambes écartées, sexy et sûre d'elle dans sa tenue de cuir noir. Matt demeura silencieux.

— Je parie que vous êtes très beau quand vous êtes nu, poursuivit-elle avec un regard brillant. Un superbe animal, comme on dit. Vous faites de la musculation ?

Elle lui faisait purement et simplement payer le fait de l'avoir « inspectée ». Quand elle laissa tomber son regard au niveau de son entrejambe, il retrouva enfin l'usage de la parole.

— Je suis ici avec ma mère.

C'était une réflexion idiote, mais elle détourna son attention de cette zone si « explosive ».

— Un fils à sa maman ? fit-elle d'un air médusé, tandis qu'un petit rire montait dans sa gorge.

Piqué au vif, il lâcha en crispant les mâchoires :

— Si exaspérante que soit ma mère, il se trouve que je l'aime.

— Tant mieux pour vous, concéda-t-elle avec une chaleur inattendue.

Cela accrut la confusion où il était plongé. Avec une malice consommée, elle lui décocha un large sourire et, ponctuant le tout d'un clin d'œil complice, elle lança :

— J'espère que vous aurez de la constance en amour.

Lorsqu'elle le dépassa pour entrer à la réception, il suivit du regard sa coiffure flamboyante. Elle avait une démarche élastique, qui faisait naître des éclats changeants sur ses fesses moulées de cuir, soulignant leurs jolies rondeurs. Ses jambes...

Il lâcha un cri étouffé, laissant échapper sa cigarette. Elle lui avait brûlé les doigts ! Il se pencha pour écraser et ramasser le mégot incandescent. Quand il se redressa, les portes vitrées s'étaient refermées sur la vision tentatrice qui avait investi son espace vital.

Comment était-elle au lit ? s'interrogea-t-il avec excitation. Torride, il en aurait juré.

Avec un petit rire d'autodérision, il partit enterrer le mégot dans un coin de terre, jurant une fois de plus d'arrêter de fumer. Il aspira à pleins poumons l'air pur des plateaux du Sud. L'établissement de cure n'était qu'à deux heures de route de Sydney mais on se serait cru dans un autre monde, à des milliers de kilomètres de toute pollution.

« Un macho tel que vous », avait déclaré l'inconnue. Avait-elle été impressionnée ? Etait-elle attirée par lui ? Il n'avait flirté avec aucune des curistes, ne s'était d'ailleurs senti attiré par aucune de ces femmes. Mais la nouvelle venue l'attirait drôlement. Resterait-elle longtemps ? Et saurait-il éviter que sa mère, qui ne laissait jamais rien passer, détecte le changement qui venait de s'opérer en lui ?

Matt jeta un coup d'œil sur la Ducati rouge. Une demoiselle qui roulait sur un petit bolide comme celui-là n'était sûrement pas prête pour la maternité ! « Hâte-toi de l'oublier, s'exhorta-t-il. Elle ne te vaudrait que des ennuis. »

Puisqu'il voulait devenir père, à quoi bon courir à la défaite en élisant une femme qui ne lui convenait pas ? Pourtant... une brève virée en Ducati, c'était tentant. Ce serait un épisode délicieux. Exquis, même.

Après tout, on ne vit qu'une fois !

Et un homme peut devenir père à n'importe quel âge.

Sa mère voulait des petits-enfants. Comme si c'était la solution à tout ! Cette idée-là ne résoudrait rien, en fait. Et d'ailleurs... il n'était pas un « fils à maman » !

2.

Encore des galettes aux lentilles! C'était bon pour les lapins, une nourriture pareille, pensa Matt en lisant le menu. Que n'aurait-il donné pour un bon steak et une platée de frites! Il en salivait rien que d'y penser.

Sa mère, qui semblait avoir meilleur moral après sa séance de massage, lui demanda d'un ton jovial:

— Tu as faim, mon chéri?

— Une faim de loup.

Il entassa trois tranches de pain complet sur son assiette. Au moins, ça lui calerait l'estomac.

— Leurs salades sont délicieuses, reprit sa mère.

Longeant elle aussi la table du buffet de hors-d'œuvres, elle se servit copieusement: *guacamole,* crudités, salades diverses...

Elle s'était mise à manger plus que de raison, après le deuil, et avait pris du poids. Si son séjour ici éveillait son intérêt pour la diététique et les régimes sains, ce serait toujours ça de pris, pensa Matt. Piètre consolation pour son propre estomac... Il déposa quelques tomates et oignons en rondelles sur son assiette, y ajouta un bon pesant de tranches d'œuf dur, puis suivit sa mère jusqu'à leur table, où ils s'assirent côte à côte, comme toujours.

— Dis donc! Regarde un peu cette fille!

Ces mots étouffés, émis d'une voix scandalisée, lui parvinrent comme il s'asseyait. Il leva les yeux. Et se surprit, malgré lui, à *la* contempler une seconde fois.

Elle avait ôté sa veste de cuir noir. Un chandail rouge moulait ses formes telle une seconde peau, révélant les courbes d'une paire de seins superbes. Matt, qui avait toujours éprouvé un attrait particulier pour les jolies jambes, se sentit brusquement converti. C'était fascinant, ces seins ronds, fermes et voluptueux...

— Je n'aurais pas cru que ça pouvait être si joli, du rouge avec du roux, murmura sa mère.

— Hmm..., marmonna-t-il prudemment.

La déesse au casque flamboyant passa sans lui accorder un regard. Tant mieux. Il n'aurait pas supporté d'être surpris à la fixer une seconde fois. Les yeux couleur de bleuet de la rouquine savaient vous foudroyer sur place et réduire à néant toute activité au-dessous de la ceinture. Encore que... il aurait eu grand besoin d'une douche froide, en ce moment. Il n'avait pas éprouvé un désir aussi vif depuis son adolescence.

— Ça change de la faune habituelle, remarqua sa mère.

Pour la première fois depuis longtemps, il vit briller dans son regard une lueur d'intérêt.

— Hmm..., grommela-t-il encore.

Leur table se remplissait peu à peu, à mesure que les habitués y prenaient place. Matt se crispa à l'idée d'affronter une discussion au sujet de la nouvelle venue. Après tout, il était le seul homme présent — et l'objet de toutes les spéculations. Il n'avait pas envie d'être sur la sellette, de laisser paraître l'étendue de son attirance pour cette fille. D'autant qu'il ignorait encore ce qu'elle pensait de lui. Mais s'il pouvait la retrouver au cours de tir à l'arc, dans l'après-midi...

— Elle est sensationnelle, tu ne trouves pas ? insista sa mère.

— Oui, concéda-t-il.

Il tira subrepticement de sa poche une petite salière — achat récent effectué dans l'épicerie du village proche, dans un accès de désespoir culinaire. Car le sel était banni dans l'établissement de cure. Matt consentait volontiers à quelques sacrifices, pour sa mère. Mais se priver de sel, ça non ! Il saupoudra son plat à la dérobée.

— Il y a une place libre ici, mademoiselle ! lança sa mère.

Matt n'en crut pas ses oreilles. Comment ? Cynthia Davis, si respectable et si conservatrice, invitait une rousse sexy à déjeuner en sa compagnie ? Elle allait s'asseoir face à lui ? A la place quittée le matin même par Vanda, la vamp plutôt mûre qui avait usé cinq maris et caressé l'idée de faire de Matt son amant, au grand amusement de sa mère et à son vif embarras personnel ?

Il retint son souffle.

L'inconnue s'avançait vers eux avec un petit sourire, visiblement surprise d'être invitée. Elle eut un haussement de sourcils dans sa direction et il sut qu'elle avait cédé à la curiosité. Maman consentait donc à faire une exception au profit de son fiston chéri ?

— Merci, dit-elle en déposant son assiette. Je ne savais pas où m'installer.

— Il n'y a de place attitrée pour personne. Je m'appelle Cynthia Davis, et voici mon fils, Matt. Et vous, comment vous appelez-vous ?

— Melissa. Melissa Kelly.

Matt se leva pour lui serrer la main, réalisant soudain qu'il tenait encore la salière entre ses doigts. Elle la vit, leva les yeux au ciel, puis lui lança railleusement :

— On a encore remis ça ?

— Quoi donc ? s'enquit Cynthia.

— La triche. Votre fils fumait dehors quand je suis arrivée. Et maintenant, voilà qu'il introduit clandestinement du sel dans cette maison.

— Du sel ? Quelqu'un a bien prononcé le mot sel ? gémit une voix à l'autre bout de la tablée. Je donnerais n'importe quoi pour en avoir !

Matt offrit le sien avec un soupir.

— Corrupteur, avec ça, commenta Melissa.

Passablement exaspéré, il rétorqua :

— Et vous, vous êtes un rabat-joie. Dommage qu'il n'y ait pas de jus de pruneau. Ça vous ferait le plus grand bien.

Elle s'attabla en éclatant de rire.

— Agacé ? s'enquit-elle de façon taquine.

— Matt, intervint Cynthia, tu avais promis de ne plus fumer !

— Si tu recommences à m'asticoter...

— Enfin, voyons. Si tu veux un bébé...

— Vous voulez un bébé ? s'écria Melissa.

Ses prunelles couleur de bleuet se posèrent sur lui avec stupéfaction.

— Matt ferait un père merveilleux, assura Cynthia avec enthousiasme.

— Rendez-moi le sel, s'il vous plaît, tonna Matt.

— Du sel ? Qui a du sel ? clama une voix à travers la salle.

— Et voilà, tout le monde triche, marmonna Melissa, assombrie.

Matt s'en moquait. Ouf ! Il avait réussi à détourner la conversation. Comme si une fille qui conduisait une Ducati rouge pouvait songer à faire un enfant ! Il tenait à afficher l'image d'un célibataire disponible, pour établir le contact avec Melissa. Pour parvenir à ses fins, il devrait imposer silence à sa mère. Une véritable gageure !

— Excusez-moi, dit celle-ci, je ne peux pas m'empêcher de regarder vos cheveux. Je n'ai jamais rien vu d'aussi audacieux.

Melissa lui sourit.

— On ne me prend plus pour la stupide blonde de service, c'est sûr.

« Mais pour une torride incendiaire », compléta Matt en son for intérieur.

— Vous êtes naturellement blonde ? s'étonna Cynthia.

16

— Oui. Ce roux sort tout droit d'un flacon.

— Et les autres teintes ?

— La couleur de la première bande s'appelle « orange pressée », et l'autre « papaye ».

Matt saisit le pichet de jus de fruits, sur la table, et servit Melissa.

— Ça va vous plaire. Fruits tropicaux.

Elle rit. Pas de lueur railleuse dans son regard, cette fois, mais un franc amusement. Le cœur de Matt ne fit qu'un bond. Le courant passait, il le sentait. Il décocha un sourire à sa mère.

— Et si tu changeais toi aussi de couleur de cheveux, maman ? Pêche avec des reflets crème, ça t'irait très bien. C'est plus rigolo que gris.

— Matt, voyons ! Je suis à l'âge où l'on n'a plus qu'à se résoudre à vieillir avec grâce.

— Foutaises ! Qui a dit que les femmes mûres devaient être ternes ? Tu admires le culot de Melissa. Imite-la donc. Mets un peu de couleur dans ta chevelure et dans tes vêtements. Commence une nouvelle vie !

— Ça vous remonterait le moral, approuva Melissa.

Il lui décocha un large sourire, enchanté de la voir encourager Cynthia sur la voie du renouveau. La jeune femme le regarda d'un air interrogateur, jaugeant probablement ses motivations.

— J'y réfléchirai, avança dubitativement sa mère.

Mais elle n'était pas aussi négative que d'habitude. Quant à Melissa, elle paraissait également dans de bonnes dispositions. Matt sentait même chez elle un intérêt naissant. Il mordit dans le sandwich qu'il s'était confectionné avec un appétit qu'il n'avait pas éprouvé depuis des jours.

— Vous devez avoir un métier qui vous ressemble, observa Cynthia, toujours aussi fascinée.

Comme Melissa haussa les épaules, ses seins se soulevèrent dans ce mouvement. Matt, qui s'était juré de ne pas contempler son anatomie, commit aussitôt une infraction à ses propres résolutions.

— Pas vraiment. Je suis hôtesse de l'air.

— Sur les vols internationaux ?

— Oui. Londres et Rome, principalement.

Influence italienne, songea Matt. Cela expliquait la Ducati...

— C'est un poste de responsabilités. Il faut veiller sur beaucoup de gens, pendant de longues traversées...

Matt fronça les sourcils. Le commentaire de Cynthia était juste. D'une certaine façon, ce métier-là ne cadrait pas avec le petit bolide rouge, la combinaison de cuir et les cheveux flamboyants. Mais, d'un autre côté, Londres et Rome étaient des villes exaltantes... Il s'y passait un tas d'événements susceptibles d'attirer les risque-tout de la vie...

— Oui, acquiesça Melissa. Et ça détraque votre rythme de sommeil. C'est pourquoi je suis ici. Pour remettre d'aplomb mon métabolisme.

Matt connaissait un arsenal de méthodes beaucoup plus gratifiantes pour y parvenir que de s'adonner à des exercices de gymnastique et de grignoter des feuilles de laitue. Il garda les yeux soigneusement baissés tandis que son imagination galopante lui dépeignait sous de torrides couleurs divers fantasmes érotiques.

— Essayez les massages, ma chère enfant, conseilla sa mère.

Oui, pensa Matt. Lents et sensuels...

— Je viens de m'offrir un massage Reiki, poursuivit Cynthia. C'est étonnant ce que ça provoque comme transferts d'énergie. Ça éveille des élans de chaleur dans des points précis...

Ce n'était sûrement pas aussi bon qu'une partie de jambes en l'air...

— J'ai souffert de maux de dos, récemment...

Brusquement arraché à ses fantasmes, Matt se rembrunit.

— Tu ne m'en avais rien dit, observa-t-il.

— Parce que tu fais toujours un tas d'histoires pour rien.

— Dis plutôt que tu n'as aucune envie d'entendre que les maux de dos sont souvent liés à un problème de poids. Et ça ne risque pas de s'arranger quand on reste assis à ne rien faire au lieu d'effectuer des exercices appropriés.

— Dire que tu as le culot de me traiter d'enquiquineuse ! rétorqua Cynthia. Je te ferai remarquer que je ne faisais pas non plus de gymnastique du vivant de ton père.

— C'était inutile. Ta vie conjugale était bien remplie.

— Matt ! se récria Cynthia.

— Vanda avait peut-être raison. Au lieu de t'emmener dans un centre de cure, j'aurais dû te dénicher un jeune amant.

— Matt ! Enfin, voyons ! Ton père...

— Papa se retournerait dans sa tombe, s'il savait que tu as renoncé à la vie. Il aimait une femme pleine d'entrain qui savait profiter de l'existence. Elle ne te manque peut-être pas, mais à moi si.

— En tout cas, je n'ai sûrement pas besoin d'un jeune amant.

Il haussa les épaules.

— C'était une idée comme une autre.

— Vous pensez que les relations physiques sont le but et la fin de tout, n'est-ce pas ? observa Melissa d'une voix traînante.

Son regard bleu lavande était glacial, aigu, cynique. Matt en eut le frisson. C'était une question piège, à coup sûr, et qui le prenait par surprise. Surtout de la part de cette rouquine incendiaire.

— Non, dit-il. Mais c'est une excellente dépense d'énergie.

« Qui procure un sommeil sain et réparateur », faillit-il ajouter. La rousse le contempla en haussant ses sourcils finement arqués.

— Pas d'exercices en gymnase pour entretenir ce physique impressionnant ?

— Matt fait beaucoup de sport, intervint Cynthia.

— Je l'aurais parié. Le sport est forcément sa marotte, affirma Melissa avec un sourire doucereux. Là aussi, vous trichez ?

— Bonté divine, sûrement pas ! protesta sa mère en riant. Il n'en a aucun besoin. Matt est un gagneur-né.

— Evidemment, répliqua sèchement Melissa.

Elle se remit à manger, n'accordant plus le moindre intérêt à la conversation.

Le contact était rompu, de toute évidence. Matt y songea avec une frustration croissante. Comment une femme qui mettait ainsi ses avantages en avant pouvait-elle nier les bénéfices de l'amour physique ? Pour lui, cela n'avait pas de sens. Et pourtant, c'était cela qui l'avait rebutée.

Par ailleurs, ce harcèlement constant à propos de la « tricherie » constituait une indication significative. Son dernier petit ami l'avait peut-être trompée. Certains hommes couraient bêtement après toutes les filles disponibles. Pas lui. Il avait des principes...

Il n'aurait sans doute pas rompu avec Skye, si elle n'avait pas accepté cette mission de deux ans au-delà des mers. Quant à Janelle, il lui était demeuré fidèle deux années durant... jusqu'à ce qu'elle accorde la primauté à sa carrière d'avocat. Au fond, il était l'homme d'une seule femme. Il aurait été enchanté de choyer Melissa Kelly aussi longtemps qu'elle voudrait de lui. Avec une fille pareille à ses côtés, il n'aurait jamais songé à une autre.

Ma foi, il ne tarderait pas à lui faire comprendre son erreur. Peut-être au cours de tir à l'arc...

— Vous faites du sport, Melissa ? demanda sa mère.

Il dressa aussitôt l'oreille, en alerte. Cynthia n'allait tout de même pas se mettre en tête de le « marier » à Melissa Kelly ?

Les prunelles lavande se posèrent un instant sur Matt avec dérision, puis Melissa adressa un sourire à son interlocutrice.

— J'aime le tennis.

Ah... un double mixte ! rêva Matt.

— Il y a justement un tournoi cet après-midi, juste après le tir à l'arc.

— Oui, j'ai vu.

— Matt joue très bien au tennis.

Autre regard de dérision.

— Nous échangerons peut-être une balle ou deux.

— Hmm..., fit Matt, se demandant pourquoi la jeune femme lui était si hostile.

Peu importait, après tout : il considérait qu'ils avaient rendez-vous. Et d'une façon ou de l'autre, il ferait tourner les choses à son avantage.

Il sourit.

Elle sourit en retour.

Le défi était lancé.

Et si sa mère s'imaginait qu'elle y gagnerait un petit-fils, elle se trompait lourdement !

3.

— J'ai l'impression que nous serons les seuls, observa gaiement Matt.

Melissa, morose, était parvenue à la même conclusion. Ils s'échauffaient sur le court depuis un long moment, attendant que d'autres participants se présentent pour le tournoi. En vain. Ce qui la laissait avec un seul adversaire : lui.

— Une partie en simple, ça vous tente ? demanda-t-il d'un ton plein d'espoir.

Encore un macho prêt à se pavaner, pensa-t-elle. Il voulait lui prouver qu'il jouait bien. Dans tous les domaines, sans doute.

Que pouvait-il lui offrir d'autre qu'une simple séance d'entraînement ? Valait-il la peine pour cela de s'exposer à un flirt en règle ? Elle décida que oui. Elle se sentait un peu raide après sa séance d'équitation du matin. Une partie de tennis, suivie de quelques longueurs de bassin dans la piscine, un bon bain à bulles relaxant, un dîner léger, une séance de yoga... A tous les coups, elle dormirait comme une souche, cette nuit.

— Adjugé, acquiesça-t-elle.

Il se dévêtit aussitôt pour entrer dans le vif de l'action. Elle le regarda ôter son survêtement d'un œil cynique, refusant de se laisser impressionner. L'attirance physique était un piège auquel elle s'était laissé prendre une fois de trop. Plus jamais ça, se promit-elle farouchement.

Matt Davis n'avait pas l'élégance élancée de Giorgio. C'était un homme beaucoup plus athlétique et musclé. Mais il déployait, comme lui, cette assurance invétérée de mâle prompt à jauger l'objet de son désir, sûr de s'en emparer quand bon lui semblerait. Cela l'avait frappée d'emblée. Et l'avait poussée à ce numéro de provocation et de défi qui ne lui ressemblait guère...

Il était doté d'une virilité charismatique qui ne pouvait laisser aucune femme indifférente, elle l'admettait. Il semblait capable de tenir tête à n'importe qui et de faire front en n'importe quelles circonstances. Et cela ne tenait pas seulement à sa puissante silhouette si bien découplée, mais aussi à son tempérament. Un tempérament de gagneur.

Son visage aux traits définis trahissait un fort caractère : menton carré et résolu, bouche aux dents blanches et bien alignées, nez droit, pommettes plutôt saillantes. Le tout mettait en valeur des yeux d'un gris étonnant... des yeux très lumineux, au regard direct et perçant, bordés d'une double rangée de cils noirs. Ses sourcils arqués et ses cheveux noirs coupés court accentuaient l'impression d'ensemble.

La plupart des gens auraient vu en lui un type solide, fiable. Mais elle ne tomberait pas dans ce piège ! Elle sentait frémir en lui un tas de spéculations d'ordre sexuel, elle n'était pas disposée à satisfaire les fantasmes qui galopaient sous son crâne viril. Mais alors, pas du tout ! Giorgio l'avait fait marcher en lui susurrant des petits riens qui ne menaient précisément qu'à cela : rien. C'était terminé, tout ça. C'était elle qui menait sa propre existence, maintenant. Et il n'y avait pas de sex-appeal qui tienne.

— En parlant de simple... vous êtes célibataire ? s'enquit-elle, cherchant la faille de cette virilité magnifique à présent dévoilée, en short marine et polo de sport blanc.

Il avait, nota-t-elle, ce hâle naturel acquis par de saines activités physiques au grand air. Mais cela n'écartait pas quantité d'activités en terrain clos...

— Pardon ? fit-il, sans comprendre.

— Seul, sans attaches, libre comme l'air, énumérat-elle avec un sourire narquois. Pas de femme qui prend des vacances de son côté pendant que vous remplissez votre devoir filial ? Pas de maîtresse compréhensive, placée sur la touche pour une durée indéterminée ?

— Non, coupa-t-il, interrompant son petit numéro irrévérencieux. Je n'ai aucune liaison en ce moment. Depuis pas mal de temps.

— Vous préférez les aventures passagères, c'est ça ?

Il hésita.

— Est-ce ce que *vous* préférez ?

— Vous ne devriez pas croire ce qu'on raconte sur les hôtesses et les pilotes.

— Je parlais de vous en particulier.

— Et moi, de vous. Le genre volage, ce n'est pas ce qui manque, parmi les hommes.

Elle perçut l'amertume de sa propre intonation et le vit songeur. Cela lui était bien égal. S'il appartenait à cette espèce-là, autant lui faire savoir tout de suite qu'il s'exposait à la frustration.

— Non, ce n'est pas mon genre. Mais je suppose que, dans certaines circonstances, je pourrais avoir une faiblesse, répondit-il avec lenteur, en la scrutant du regard.

— J'ai l'impression que vous faites ce qui vous chante, Matt Davis. Comme pour le sel et les cigarettes.

Il était bien pareil à Giorgio ! Giorgio et sa cohorte de mensonges et de tricheries... Pendant deux ans, il lui avait caché sa vraie vie, lui faisant miroiter des promesses d'avenir fallacieuses. Pendant deux ans, elle avait vécu dans l'attente de chacun de ses vols pour Rome, impatiente de savourer de nouveau l'intense relation amoureuse dont il l'enveloppait. Alors qu'elle n'était pour lui qu'un à-côté...

24

Elle pensa à sa sœur, au mari qui l'adorait et à leur bébé, et se sentit presque malade de jalousie. Pourquoi ne parvenait-elle pas à rencontrer un type bien qui n'avait pas peur de s'engager ? Pendant le repas, dès qu'il avait entendu le mot « bébé », Matt Davis s'était empressé de changer de sujet.

Mais il n'avait eu qu'à poser les yeux sur elle pour que le mot « lit » s'inscrive aussitôt dans son esprit !

— Vous voulez savoir de quel bois je suis faite ? interrogea-t-elle en posant sur lui un regard dur et railleur. Eh bien, vous allez être fixé. Le type qui voudra me mettre dans son lit devra d'abord me passer la bague au doigt !

Il pâlit sous son hâle. Melissa sourit.

— Alors, prêt pour la partie ?

4.

La bague au doigt? Cette fille-là voulait se marier? Pour de bon?

La balle de tennis fusa à une telle vitesse que Matt demeura figé sur place, la raquette ballante. Son premier service était un ace!

Il salua le coup, concédant gracieusement le point. Elle sourit, animée d'un sentiment de triomphe, jubilant de l'avoir surpris. Matt la regarda prendre place en fond de court et comprit qu'elle était une joueuse d'exception. Une sacrée force de frappe. Et une coordination superbe. Il avait terriblement envie de voir son corps en action. Mais elle avait gardé son pantalon de jogging et son sweat-shirt...

La balle suivante effleura la ligne centrale, le laissant une fois encore cloué sur place.

— Si je comprends bien, j'ai un canon pour adversaire, observa-t-il d'un ton appréciateur.

Elle rit.

— Voulez-vous que je modère le rythme?

— Non, je m'adapterai.

Plus facile à dire qu'à faire. Cette fille était de la dynamite. Elle maniait sa raquette avec une puissance inouïe, déployait une tactique épatante, le baladant en fond de court, le lobant, le feintant avec des amortis. Il venait d'arriver à se rétablir à trois jeux partout lorsqu'elle décida de se dévêtir — et il put dire adieu à sa concentration toute neuve !

Elle était maintenant en tenue d'aérobic — short et brassière jaunes — pimpante à souhait. Elle le bombarda pendant tout le reste du set sans qu'il puisse se résoudre à s'en préoccuper. Il n'avait d'yeux que pour son joli derrière sexy, ses jambes fabuleuses, ses seins ronds. De quoi rendre lyrique le plus prosaïque des hommes.

— Vous n'en avez pas assez ? s'enquit-elle en remportant le set par six jeux à trois et en le rejoignant au filet.

Ce fut plus fort que lui. Il lâcha ce qui lui occupait l'esprit :

— Etes-vous prête à vous marier tout de suite ?

Elle demeura sans voix pendant plusieurs secondes. Puis elle se ressaisit, adoptant un air de défi railleur.

— Si je tombais sur l'homme de ma vie, je l'épouserais séance tenante. Mais autant chercher une aiguille dans une botte de foin, à mon âge ! Les meilleurs sont déjà pris, les autres ont d'autres intentions.

Son amertume n'échappa pas à Matt. Il supposa qu'on venait de la quitter et qu'elle en souffrait.

— Quel âge avez-vous ?

— 28 ans.

— Vous êtes loin d'être hors course.

— Ma sœur a 26 ans, elle a épousé un type formidable et elle vient d'avoir un bébé. En ce moment, je me sens très vieille, très seule, et totalement déprimée. Une partie de jambes en l'air ne me ferait aucun bien, alors renoncez-y. En revanche, un deuxième set...

— Adjugé.

Il se sourit à lui-même, en se dirigeant vers la ligne de fond de court. Il avait compris de quoi il retournait. Melissa se servait de lui comme d'un punching-ball pour se venger du type qui avait détruit son estime pour elle-même. Il commençait à soupçonner pas mal de choses... Elle s'était teint les cheveux pour se sentir mieux, pour ne plus être une « blonde évaporée ». Son amant avait dû mettre sa fierté à mal...

Mais elle n'avait pas renoncé à se battre.

Le choix d'une teinture aussi flamboyante révélait une nature rebelle, et même agressive. Sur le court, elle se montrait tout aussi vindicative. Quant au fait de rouler en Ducati... Melissa Kelly avait du cran. Elle n'était pas du genre à se réfugier dans une tanière pour panser ses blessures. Au contraire, elle faisait un pied de nez au monde entier.

Matt admirait son attitude. Il avait toujours admiré ceux qui se relevaient après avoir touché terre. Il aurait voulu que sa mère réagisse ainsi. Avec un peu de chance, Melissa Kelly exercerait sur elle une bonne influence. Et puis qui sait ? Elle était peut-être « l'aiguille dans la botte de foin » qu'il cherchait de son côté...

Le désir et l'excitation qu'elle éveillait en lui étaient franchement jubilatoires. Il joua particulièrement bien dans le second set, lui offrant avec plaisir la séance d'entraînement qu'elle désirait. En sueur, elle était plus sexy encore. Au lit, elle n'hésitait sûrement pas à prendre l'initiative. Faire des enfants avec elle serait un plaisir...

Il remporta le set par six jeux à trois.

— Vous avez trouvé le rythme, à ce que je vois, commenta-t-elle sèchement alors qu'ils se rejoignaient au filet.

— Je me sens en pleine forme, admit-il. Vous êtes prête à avoir un enfant ?

— Pardon ?

— Comme votre sœur. Vous avez dit qu'elle venait d'avoir un bébé.

— Elle est mariée, figurez-vous. Je ne crois pas que ce soit une fameuse idée d'être mère célibataire.

— Je suis de votre avis. Un enfant a besoin d'un père autant que d'une mère. Mais, à supposer que vous trouviez l'homme qu'il vous faut, et qu'il vous passe la bague

28

au doigt, seriez-vous prête à fonder une famille tout de suite ?

— Oh, oui !

— Et votre carrière ?

— J'y renoncerais.

— Sans hésitation ?

— Ce n'est qu'un travail. Servir des gens, vider les plateaux-repas n'a rien de passionnant, vous savez. J'aimerais mieux m'occuper de mes enfants.

Elle eut une grimace contrite, avant de poursuivre :

— Mais en cas de nécessité financière, je pourrais obtenir un poste au sol. De nos jours, il est difficile d'élever une famille avec un seul salaire.

— Les voyages ne vous manqueraient pas ?

Coup d'œil dédaigneux.

— Quand on a roulé sa bosse autant que moi, on a envie d'un vrai foyer !

— La vie domestique peut se révéler ennuyeuse, suggéra Matt.

Elle le foudroya du regard.

— J'étais sûre que vous diriez ça.

— Pourquoi roulez-vous en Ducati, si vous aimez la vie au foyer ?

— Cette moto est mon bébé, confia-t-elle avec un regard pétillant. Je lui parle, elle me répond. Et sans tricher.

— Un ersatz de bébé, en somme, renchérit Matt avec un sourire satisfait. Vous en désirez vraiment, n'est-ce pas ?

— Oui. Et alors ? lança-t-elle, soudain soupçonneuse, imaginant sans doute qu'il voulait se payer sa tête.

Il répondit sincèrement :

— Je trouve votre vision des choses fascinante. La plupart des femmes que je connais considèrent les enfants comme des boulets.

— Cessez de fréquente des noceuses, et vous entendrez un autre son de cloche, observa-t-elle d'un ton sardonique.

Il haussa les épaules.

— Vous avez peut-être raison. En tout cas, vous n'êtes pas comme les autres.

— J'espère bien ! Pour moi, la famille, c'est la vraie vie. Le reste, c'est de la poudre aux yeux.

Matt trouva cette philosophie des plus encourageantes. Non seulement Melissa avait du cran, mais en plus elle aimait la vie de famille !

— Combien d'enfants souhaiteriez-vous avoir ? s'enquit-il, passant aux choses sérieuses.

— Une ribambelle, répliqua-t-elle d'un ton belliqueux.

Elle redressa le menton et gagna le banc où elle avait déposé son survêtement. Posant sa raquette, elle commença à enfiler le pantalon flottant.

— Assez de tennis pour aujourd'hui ?

— Vous êtes revenu à égalité. Ça ne vous suffit pas ?

— Je me moque bien d'être battu. J'aime jouer avec vous.

— Moi, j'ai mon compte, dit-elle, enfilant son sweat. Elle se tourna vers lui, eut un sourire contraint.

— Merci pour la partie.

— C'était un plaisir.

— En effet, concéda-t-elle.

Puis elle prit sa raquette et se dirigea vers la sortie.

Matt ramassa prestement son propre survêtement, le balança sur son épaule et lui emboîta le pas jusqu'au bâtiment principal, ignorant l'indifférence qu'elle lui opposait. Il ne voyait aucune raison pour qu'elle refuse de poursuivre la conversation jusqu'à ce qu'ils rejoignent leurs chambres respectives.

— Juste pour savoir, qu'est-ce que vous appelez une « ribambelle » ?

— Six, répondit-elle d'un ton suave, après lui avoir décoché un regard flamboyant.

30

Un sacré chiffre, à notre époque. Passablement décourageant, même. Et très coûteux. Heureusement qu'il avait les moyens de financer une grande maison et une nounou à plein temps !

— Alors, vous voulez toujours me culbuter sur la moquette ? demanda-t-elle.

Cette question provocante le médusa.

— Pardon ?

Elle s'immobilisa, carrant ses poings sur ses hanches et le toisant d'un air de dérision.

— Qu'est-ce que vous attendez pour tourner les talons ? Je suis une mère dans l'âme, une casanière. Pas du tout votre genre. Je me fiche que vous ayez l'allure de Tarzan. Je suis totalement sourde à l'appel de la forêt. Vous n'avez aucune chance de me faire changer d'avis.

Matt réprima un sourire de triomphe. Elle comptait l'épouvanter avec la perspective d'élever six marmots. Mais il allait lui prouver qu'il avait de la fougue à revendre.

— Je comprends pourquoi vous vous trouvez déjà trop vieille à 28 ans, exposa-t-il d'un air grave. Si vous voulez six enfants, il faut commencer tout de suite, afin d'espacer les naissances et les voir grandir un peu.

Elle leva les bras au ciel.

— Pourquoi vous obstinez-vous ? s'écria-t-elle avec exaspération.

— J'aime comprendre les gens.

— Eh bien, je ne veux pas six enfants ! J'ai dit ça uniquement pour...

— Me mettre à l'épreuve ?

— Oui.

— Combien en voulez-vous vraiment ?

— Quatre, si vous tenez à le savoir. Ce serait l'idéal.

Son regard se porta au loin, avec découragement.

— Mais je me contenterais de deux, continua-t-elle. Au train où vont les choses, ce ne serait pas si mal...

— Il ne faut jamais renoncer à un rêve.

Quatre, c'était tout de même plus raisonnable, pensat-il. Deux garçons et deux filles, ce serait parfait. Une famille équilibrée. Melissa soupira, se remit en marche.

Matt la suivit. La comparaison avec Tarzan lui déplaisait. Même s'il avait très envie d'emmener Melissa Kelly au fond d'une maison perchée dans les arbres et de lui faire l'amour. Cette fille éveillait ses instincts les plus primitifs. S'il avait tenu le type qui l'avait rendue si amère, il lui aurait volontiers cassé la figure. Mais il devinait qu'elle n'approuvait pas la violence, et il tenait à rectifier l'impression qu'elle avait de lui.

— Je ne suis pas un homme des cavernes, objecta-t-il tranquillement. En fait, je suis tout ce qu'il y a de civilisé. Ma mère m'a très bien élevé. Vous pouvez le lui demander.

Cela lui valut une ébauche de sourire.

— Vous vous faites vraiment du souci pour elle, hein ?

— Oui. La mort de mon père l'a anéantie. Cela fait presque deux ans maintenant, et elle ne remonte toujours pas la pente.

— Elle devait l'aimer énormément.

Il perçut de la sympathie dans son intonation, et se rembrunit. Avait-elle aimé pour de bon l'homme qui l'avait tant déçue ? Cette idée ne l'enchantait guère.

— Evitez de manifester de la sympathie à ma mère, intervint-il. Cela ne ferait qu'aggraver les choses.

— Vous êtes bien dur.

— Non. Pragmatique. La compassion alimente son chagrin, et le chagrin est l'alibi de sa dépression. J'ajoute pour votre profit qu'il est vain d'entretenir une déception amoureuse au sujet d'un homme qui ne méritait pas d'affection.

— Votre père ne méritait pas d'être aimé ?

— Lui, oui. Je parle de l'ordure qui vous a trompée.

— Oh ! fit-elle avec rancœur. Vous êtes prié de vous

occuper de ce qui vous regarde, Matt Davis. Je me charge de mes propres affaires moi-même.

— Vous en faites mon affaire aussi puisque vous m'assimilez à lui.

— Nous y voilà !

Elle se tourna vers lui et tapa du pied. Ses yeux bleus flamboyèrent.

— Rien ne m'oblige à vous supporter, s'insurgea-t-elle. En voilà assez, à la fin !

La mine affable, il lâcha :

— Je pourrais être le père de vos enfants.

Le regard bleu vacilla.

— Pardon ?

Sa bouche forma une moue très sensuelle alors qu'elle inspirait profondément. Matt eut la tentation de l'embrasser, de lui procurer des sensations positives. Il se ravisa, songeant à ses envies de mariage. Il ne fallait pas l'effrayer. Pour faire bonne mesure, il confia :

— Moi aussi, je trouve que quatre est un nombre idéal.

Elle recula, agitant son index dans sa direction.

— Vous... vous vous payez ma tête !

— Pas du tout. J'essaie d'être pragmatique, c'est tout.

— Je ne vous crois pas.

— Pour une fois que je tombe sur une femme qui veut devenir épouse et mère ! Je ne vais pas la laisser passer.

— Je n'ai rien entendu.

— Réfléchissez quand même.

— Tout ce que vous voulez, c'est coucher avec moi.

— Impossible d'avoir des mômes sans passer par là, en effet, renchérit-il gaiement.

— Vous êtes un tricheur !

— Je cesserai de fumer mais que je sois pendu si je renonce au sel.

— Vous allez attendre ici que je sois rentrée à l'intérieur. J'en ai assez de vous supporter.

— Pas facile de regarder la vérité en face, n'est-ce pas? Eh bien, allez-vous-en, si vous y tenez. Tout ce que je vous demande, c'est de réfléchir.

— Je ne suis pas près de vous oublier, soyez tranquille.

— Tant mieux!

Elle fit volte-face et gagna rapidement l'entrée du gymnase. Elle était superbe à voir, avec ses épaules bien droites, soulignant la courbure très féminine de ses reins.

— A tout à l'heure au réfectoire! s'exclama-t-il.

Il se faisait l'effet du grand méchant loup s'apprêtant à dévorer le petit chaperon rouge. Melissa Kelly était la femme la plus stimulante qu'il eût rencontrée. Et la plus délicieuse de toutes.

Elle ne lui répondit pas, et ne regarda pas non plus en arrière. Normal. Pour l'instant, elle était sous le choc. Mais les graines qu'il avait semées dans son esprit allaient germer. Le sol était fertile. Après tout, ils avaient le même objectif. Elle ne pouvait manquer de le comprendre.

5.

Une fois Melissa disparue, Matt décida de faire le tour du parc. Mieux valait éviter la jeune femme pour le moment. Elle avait besoin d'être seule, de remettre les choses en perspective. Le dîner arriverait bien assez tôt.

Il enfila son survêtement et se dirigea vers la forêt de pins. De là, il pouvait, à travers le jardin, rejoindre le cottage où sa mère et lui occupaient des chambres adjacentes. Il s'avisa, tandis qu'il marchait, qu'il devait à tout prix connaître la durée du séjour de Melissa. On était mardi, et il partait vendredi ; mais il pouvait sans doute prolonger sa réservation pour le week-end...

D'un mouvement machinal, il tira son paquet de brunes et son briquet de la poche de son pantalon. Il avait déjà une cigarette à la bouche, quand il se rendit compte de son geste. Satanée habitude !

La vision de deux yeux bleus remplis de dédain l'amena à dompter sa tentation. Il avait juré d'arrêter et il y parviendrait ! Et puis, s'il voulait des enfants, il devait veiller à sa santé...

Il ôta la cigarette de sa bouche, la brisa et émietta le tabac sur le sol. Il fit de même avec ce qui restait dans le paquet, puis le fourra, roulé en boule, dans sa poche, en attendant de le flanquer à la poubelle. Fier de la victoire remportée sur lui-même, il avança d'un pas plus dynamique, inspirant l'air pur à pleins poumons.

Revenu au cottage, il prit une longue douche tiède, se lava les cheveux pour être sûr que Melissa ne sentirait aucune odeur de tabac sur lui. Puis il se brossa les dents. Après tout, un baiser n'avait rien d'une agression en règle. Il ne s'agissait pas de « la culbuter sur la moquette ». Si une occasion se présentait... Un baiser avec cette fille ne pouvait qu'être divin !

Il passa des vêtements propres : jean, T-shirt, et un chandail gris, avec de larges bandes rouges et bleues en travers du torse et des manches. Sa mère le trouvait superbe ; Melissa serait peut-être du même avis. Autant être à son avantage, de toute façon.

Et elle ? Que porterait-elle, ce soir ? Son sac de voyage n'était pas bien grand — un bagage pour une nuit ou deux, pas plus. Décidément, une visite à la réception s'imposait...

La séance de soins du corps et du visage de sa mère devait être terminée, à présent, jugea-t-il en consultant sa montre. Il quitta sa chambre et alla frapper à sa porte. Pas de réponse. Sans doute prenait-elle le thé dans le salon principal. Gagnant la réception, il lança un grand salut jovial à l'hôtesse, prénommée Sharon, en lui décochant son plus beau sourire.

Elle répondit chaleureusement :

— Que puis-je pour vous, monsieur Davis ?

— Il s'agit d'une urgence, Sharon. Une certaine Melissa Kelly est arrivée aujourd'hui. Pourriez-vous me dire combien de temps elle va séjourner ici ?

— Nous ne sommes pas censés communiquer de telles informations à la clientèle.

— Pas même à titre de concession au seul mâle de la communauté ? Nous avons fait un match de tennis formidable, cet après-midi. C'est la meilleure partenaire que j'aie eue. J'espère qu'elle reste jusqu'à vendredi, comme moi.

— Eh bien... puisque vous êtes un mâle en souffrance,

aux prises avec le sexe faible, je consens à commettre une entorse au règlement, concéda Sharon en consultant son registre. Vous êtes chanceux. Mlle Kelly reste jusqu'à vendredi.

— Formidable ! s'écria-t-il en lui adressant un sourire et sa plus belle révérence. Je vous revaudrai ça, Sharon !

— A votre service ! fit-elle en riant.

Rayonnant, Matt s'engagea dans le grand salon, en quête de sa mère. C'était une pièce chaleureuse. Des sofas garnis de coussins moelleux et des fauteuils étaient disposés autour de tables basses, avec livres et revues. Dans un angle, tout un assortiment de thés et tisanes. Ailleurs, un immense puzzle inachevé, attendant que l'un ou l'autre des invités relève le défi. Et un piano qui invitait à jouer. Une joyeuse flambée crépitant dans l'immense cheminée créait une atmosphère accueillante.

Une pièce faite pour la vie de famille, songea Matt en déambulant à travers les tables. Une pièce conviviale, sans télévision. Il aimait tout particulièrement le piano. Il avait pris des leçons, enfant, jusqu'à ce que le football et d'autres sports collectifs accaparent son intérêt. Il possédait un clavier électronique mais, s'il venait à s'installer dans une grande maison, il ferait l'acquisition d'un piano. Les enfants aiment tapoter sur les touches...

Sa mère était assise près du feu, contemplant ses doigts écartés devant elle, qu'elle agitait de temps à autre. Ayant vu Skye et Janelle se prêter à cette curieuse activité, Matt comprit que le vernis appliqué par la manucure n'était pas tout à fait sec.

— Ce vernis est ravissant, maman, complimenta-t-il, lui révélant ainsi sa présence.

Elle leva les yeux, le regard brillant de plaisir.

— Ça s'appelle « Pêche veloutée ». Ça va bien avec la couleur de ma peau, tu ne trouves pas ? La manucure l'a dit.

Il s'installa dans un fauteuil auprès d'elle, souriant d'un air approbateur.

— J'ai bien envie de me faire teindre les cheveux aussi. Pas d'une couleur aussi vive que celle-là, mais dans la même nuance.

De mieux en mieux. Elle s'intéressait enfin à son apparence !

— C'est une idée épatante ! approuva Matt.

Il se promit d'offrir à sa secrétaire une immense boîte des chocolats dont elle raffolait. Ce séjour dans l'établissement de cure était son idée, et elle se révélait excellente, à plus d'un titre.

— Ah, tu as mis ton beau pull-over.

— Oui.

— Ta partie de tennis avec Melissa était-elle agréable ?

— Oui. C'est une joueuse de première force. Elle m'a battu au premier set.

Sa mère parut aux anges.

— C'est merveilleux d'avoir trouvé quelqu'un qui peut te donner la réplique. C'est tellement important, d'avoir un partenaire. Ton père et moi...

Matt ne l'écouta pas égrener ses souvenirs, déjà perdu dans une songerie dont Melissa était l'héroïne.

— Elle vit où ?

Il tressaillit, arraché à sa rêverie torride.

— Qui ça ?

— Melissa.

— Je n'en ai pas la moindre idée.

Cynthia roula des yeux d'un air exaspéré.

— Où est-elle, en ce moment ?

Il haussa les épaules, l'air de dire : « Aucune idée. »

— Franchement, Matt, je me demande à quoi tu penses ! s'insurgea sa mère. Tu rencontres une fille extrêmement séduisante. Elle est assez compétente pour occuper un poste à responsabilités, elle est sportive, intelligente et, en plus, elle a l'âge qui te convient. Bref, on t'apporte un diamant sur un plateau et tu le dédaignes.

38

— Tu exagères.

— Tu pourrais faire un effort, tout de même ! Tu finiras vieux garçon et je n'aurai jamais de petits-enfants !

« Quatre d'affilée, ça te plairait ? » faillit répliquer Matt.

Il n'énonça pas sa pensée. Mieux valait garder certaines réflexions pour soi. Il préférait mener les choses à sa manière, en ce qui concernait Melissa Kelly. Il n'était pas certain d'emporter la partie. Mais il était résolu à mettre tous les atouts de son côté, ça oui !

Dans un déploiement forcené d'énergie, Melissa aligna plusieurs longueurs de piscine, sans une pause. Elle nagea jusqu'à l'épuisement, avant de s'autoriser à ralentir le rythme. Mais les pensées qui l'agitaient ne furent pas apaisées pour autant. Matt Davis s'était permis de s'aventurer dans le secret de ses affaires sentimentales et, avec un culot qui n'appartenait qu'à lui, il l'avait invitée à l'envisager pour mari ! De quoi bouillir de fureur.

Quel tordu ! Il s'efforçait de tirer parti de ses blessures intimes à son avantage ! Il avait visiblement pris sa franchise et ses rebuffades comme un défi à relever. Il s'était donc présenté à elle comme un mari idéal, lui enjoignant de saisir l'occasion sur-le-champ !

Elle ne se faisait aucune illusion sur la véritable nature de ses désirs. La croyait-il stupide ? Il méritait qu'elle lui joue une petite comédie de sa façon, pour lui donner une bonne leçon. Oui, elle aurait volontiers fait semblant de le prendre au mot... pour le voir se tortiller au bout de l'hameçon qu'il croyait avoir appâté pour elle !

Mais il valait mieux ignorer ce type, tout simplement. Cela promettait d'être plutôt difficile, s'il pratiquait les activités auxquelles elle avait prévu de s'adonner ici. Sa présence persistante pouvait devenir une source d'irritation... En tout cas, elle n'était pas obligée de prendre ses repas à la même table que lui. Sur ce point, elle pouvait lui infliger une saine frustration.

Melissa sortit de l'eau et s'approcha de l'interrupteur qui enclenchait le bain bouillonnant. L'ayant mis en route, elle se laissa couler dans l'eau, sous les jets puissants. Elle avait besoin de se détendre; c'était même le but de son séjour. Pas question de se mettre dans tous ses états pour ce satané Matt Davis !

La colère qu'il avait éveillée en elle se mua peu à peu en songerie morose. Il n'était pas l'homme qu'il lui fallait et c'était dommage. Physiquement, il possédait une silhouette bien bâtie, racée, des traits sans défaut, et c'était un remarquable sportif. Quant à son intelligence, elle ne faisait pas de doute.

En tant que mâle, il était proche de la perfection. Mais Melissa ne le croyait pas sincère dans son désir d'être père. Un type qui s'offrait en mariage dès la première rencontre était forcément un arnaqueur. Elle avait très bien senti l'intérêt sexuel qu'il lui portait. Et s'il tenait à lui faire croire qu'il avait le mariage et la paternité pour uniques objectifs, c'était qu'il la prenait vraiment pour une imbécile !

A dire vrai, cette astuce cousue de fil blanc était un peu trop grossière, de la part d'un homme qui avait l'esprit aussi vif. De quoi se poser des questions, et même nourrir quelques incertitudes...

Et s'il était réellement revenu bredouille de sa quête d'une épouse ? De nos jours, les femmes songeaient avant tout à leur carrière et repoussaient le moment de devenir mères. Matt Davis l'avait sondée et questionnée avec soin, avant de lui faire sa proposition...

Elle n'arrivait pourtant pas à se persuader qu'il parlait sérieusement. Franchement, rencontrer un type bien aussi désireux qu'elle d'avoir des enfants relevait du miracle.

Le souvenir du week-end précédent, passé en compagnie de Megan, de Rob et du bébé, raviva le chagrin de

Melissa. Sa sœur avait tant de chance ! Elle avait fait un mariage d'amour et avait déjà un enfant ! Le petit Patrick faisait vibrer les cordes les plus secrètes de Melissa. Tenir ce bébé contre elle, le bercer, le câliner...

Des larmes lui vinrent aux yeux. Maudit Giorgio, qui lui avait fait croire aux chimères ! Quel choc, lorsqu'elle avait vu la photographie de ses enfants... et de sa femme.

Allons ! A quoi bon s'appesantir là-dessus ? Il fallait aller de l'avant. Mais le week-end chez Megan avait réveillé ses blessures mal cicatrisées. Giorgio lui avait volé sa vie, ses espoirs et ses illusions. C'était doulou-reux. Et si elle était venue quelques jours ici, c'était pour essayer d'oublier...

Peut-être devait-elle apprendre à connaître Matt Davis. Bien sûr, il n'y avait qu'une chance infime pour qu'il fût sincère, mais... pourquoi la négliger ?

Et même s'il se révélait n'être qu'un vulgaire séduc-teur, qu'avait-elle à craindre ? Flirter avec lui pourrait même la distraire de son chagrin.

Oui, sa décision était prise : elle n'éviterait pas Matt Davis, ce soir au dîner.

Si ce petit monsieur s'imaginait la croquer comme une vulgaire pomme, il faisait erreur... Car il risquait de s'étrangler avec les pépins.

6.

Enfin 19 heures ! Les curistes installés dans le salon se levèrent pour aller dîner. Matt avait une faim de loup. Et l'envie tout aussi dévorante de revoir Melissa Kelly. Dans sa hâte à satisfaire l'une et l'autre, il tenta d'entraîner sa mère, mais elle lui enjoignit de la précéder, elle désirait aller d'abord aux toilettes.

— Entendu, maman. A tout de suite.

Sur le seuil du restaurant, il se rappela avoir laissé sa salière dans la poche de son survêtement. Souper sans sel ? Impossible, pour lui. Il ne lui fallut pas plus de cinq minutes pour faire l'aller et retour jusqu'au cottage. Pourtant, quand il revint, sa mère et Melissa étaient déjà attablées, bavardant agréablement.

Il en conçut aussitôt des soupçons. Cynthia n'était pas allée aux toilettes. Elle avait trouvé une excuse pour accaparer la jeune femme et poursuivre ses entreprises de marieuse. Maudissant en silence cette interférence indésirable dans ses affaires, Matt se hâta de gagner sa chaise.

Le plaisir de revoir Melissa dans son chandail rouge effaça momentanément la contrariété que lui causaient les déploiements tactiques de sa mère. Il lui sourit et s'attabla, sans se laisser démonter par son expression défiante. Melissa Kelly avait assez de tempérament pour opposer une rebuffade à Cynthia, si elle n'avait pas envie d'être assise à son côté. Sa présence était donc bon signe.

— Melissa est allée nager à la piscine, après le tennis, énonça sa mère, livrant les premiers résultats de ses investigations personnelles. Elle adore ça.

— Vraiment ? marmonna Matt, espérant qu'elle n'avait pas pavoisé au sujet des trophées de natation qu'il avait remportés au collège.

Il était cependant ravi d'apprendre que Melissa et lui aimaient les mêmes activités.

— Et elle partage un appartement avec deux autres hôtesses de l'air à Bondi Junction. Elle m'expliquait justement qu'elle a demandé son transfert sur les lignes intérieures. Elle en a assez de Londres et de Rome.

— Ma foi, je suppose que l'Australie demeure son vrai foyer, commenta-t-il gaiement.

Cela prouvait que Melissa songeait véritablement à se « poser » quelque part... Ou que l'issue de sa dernière liaison la poussait à le faire. Si son ex-amant était un Anglais ou un Italien, elle ne souhaitait sûrement pas fouler encore le sol qu'il arpentait. En ce qui le concernait, cela lui convenait à merveille. Pas de danger que le type en question revienne rôder autour de la demoiselle, pour tout flanquer par terre.

— Matt habite à Bondi Beach, glissa sa mère, enchantée du peu de distance qui séparait leurs domiciles.

— Il ne vit pas avec vous ? s'enquit Melissa.

— Juste ciel, non ! Ça ne lui conviendrait pas du tout.

Les yeux couleur de bleuet se posèrent sur Matt avec dureté.

— Pourquoi ?

Il déchiffra aisément ce regard cynique... Pour être libre de faire des fredaines ? disait-il clairement. D'un ton égal, il laissa tomber :

— Maman habite à Gosford, sur la côte centrale. Mon travail exige que je réside à Sydney.

— Et c'est quoi, ce travail ?

— Le marketing direct.

— Matt a fondé sa propre entreprise, intervint Cynthia. Ses affaires marchent très bien mais elles lui dévorent tout son temps. Il travaille énormément. Il n'a même pas trouvé le moyen de dénicher une gentille fille à épouser. Je n'arrête pas de lui répéter...

Nous y voilà, pensa Matt, exaspéré. Il lui coupa la parole avant qu'elle ne s'empare du sujet lancinant des petits-enfants.

— J'ai trouvé du temps pour toi, maman, rappela-t-il.

— Je sais, mon chéri. Je ne dis pas que tu n'as pas été bon pour moi...

— Ah ! Des champignons sautés, s'exclama-t-il avec satisfaction alors que la serveuse distribuait le premier plat.

Il préférait toujours le dîner au déjeuner, les mets lui convenant mieux. Il sortit sa salière et saupoudra ses champignons, puis surprit le sourire en coin de Melissa.

— J'ai déchiqueté mes dernières cigarettes, précisa-t-il d'un ton affable.

Cela la surprit. Sa mère, elle, approuva chaudement.

— Il reste toujours le tabac du village, si vous êtes en manque, commenta sèchement Melissa, visiblement peu disposée à se montrer confiante.

— Non, ma décision est prise, assura-t-il en s'attaquant aux champignons avec un bel appétit.

Pendant quelque temps, la nourriture imposa silence à Cynthia. Alors qu'on emportait les assiettes, Melissa demanda :

— Quel est le nom de votre entreprise ?

— Limelight Promotions.

Matt se demanda si elle cherchait à enquêter à son sujet. De toute évidence, elle n'était pas en confiance. Il ne l'en blâmait pas. Chat échaudé craint l'eau froide.

— Le siège social se trouve à Rockdale, juste après Mascot Airport, précisa sa mère d'un air radieux. Vous empruntez tous les deux la même route pour aller travailler.

Matt lui décocha un regard torve. Il fallait qu'elle remette ça, c'était plus fort qu'elle ! Heureusement, Melissa ignora le commentaire, demandant plutôt :

— Comment faites-vous, avec le bruit des avions qui décollent et atterrissent ?

— Le bâtiment est insonorisé.

— Matt ne recule devant aucune dépense pour ses employés, s'extasia Cynthia. Il a réussi. Très bien réussi, même. Vous avez peut-être vu dans le journal l'histoire de cet appartement de Bondi mis en vente pour plus d'un million de dollars ?

— Maman..., glissa Matt, d'un ton d'avertissement.

Mais elle était lancée.

— C'est lui qui l'a acheté, se glorifia-t-elle.

Les yeux lavande s'écarquillèrent et Matt eut la désagréable impression qu'ils reflétaient un tiroir-caisse. Il ne voulait pas être désiré pour son argent. Il détestait ces sortes de vantardises, détestait la façon dont sa richesse affectait le jugement des gens, leur comportement à son égard, les idées qu'ils s'étaient faites à son sujet.

— Un investissement, intervint-il sèchement. Je n'y habite pas. Je l'ai loué pour couvrir un emprunt. C'est une sorte de nantissement...

Il se tut. Il n'avait pas à se justifier — et cela ne lui servait à rien : le mal était fait. Le regard de Melissa était devenu spéculateur, elle le considérait sans doute comme un parti beaucoup plus attirant, à présent.

Curieux... L'argent n'était jamais intervenu dans ses relations avec Sue et Janelle. Janelle avait brillamment réussi en tant qu'avocate, Sue menait une carrière fulgurante dans la mode, se bâtissant sans doute une vraie fortune. Matt ignorait ce que gagnait une hôtesse de l'air, mais ce n'était pas à ce niveau de revenus.

La pensée de ferrer un millionnaire excitait-elle Melissa ? Peut-être même accepterait-elle qu'il la « culbute », maintenant. Cette pensée le laissait froid. Il préférait de loin l'incendiaire rebelle qui l'avait séduit au premier contact.

— Pardonnez-moi... L'appel de l'estomac, marmonnat-il en se levant pour gagner le buffet des plats chauds.

Que sa mère déblatère sur son compte, si elle en avait envie. Tout d'un coup, cela lui était égal.

Poulet rôti, pommes de terre en robe des champs, brocolis, haricots verts, tomates grillées au basilic... Pas mal, mais il avait perdu son bel appétit. Il remplit tout de même son assiette et revint s'attabler. Melissa et sa mère, ainsi que les autres convives, avaient rejoint la file d'attente devant le buffet, et il put saler ses mets sans provoquer de froncements de sourcils.

Sa mère et sa compagne revinrent bientôt. Il tâcha de se concentrer sur le repas — en pure perte. Les pensées les plus contradictoires l'agitaient. Peut-être était-il excessif, en ce qui concernait l'argent ? Bien sûr, il regrettait que ce sujet ait été si vite abordé, mais il ne pouvait nier les avantages de la sécurité financière. Melissa devait savoir qu'il avait les moyens de fonder une famille...

Les deux femmes bavardaient. Il apprit que Melissa avait deux frères plus âgés, John et Paul, et une cadette, Megan, qui venait d'avoir un enfant. Deux garçons, deux filles : comme pour la famille qu'elle désirait avoir... Ses parents vivaient à Blackheath, dans les Blue Mountains, à deux jours de voyage de Sydney.

A son tour, Cynthia expliqua que Matt était fils unique. Elle avait failli mourir en le mettant au monde, et son mari n'avait pas voulu qu'elle coure le risque d'avoir un deuxième enfant. Ce qui était bien dommage car Matt était le seul à pouvoir lui donner des petits-enfants et, à 33 ans, il était toujours célibataire, conclut-elle en exhalant un profond soupir.

— Je suppose que vous l'avez terriblement gâté, puisque c'était votre seul fils, susurra Melissa.

Matt y sentit aussitôt une pique dirigée à son intention.

— Je n'ai rien eu d'un enfant gâté, déclara-t-il avant que sa mère se répande en souvenirs embarrassants.

Pour une fois sobre, elle glissa :

— Il a toujours été facile à vivre.

— Mon père avait des principes et il a veillé à me les inculquer, insista Matt, soutenant le regard de défi de Melissa. Il m'a appris à être responsable et je ferai de même avec mes enfants. Si j'en ai, acheva-t-il d'un air sombre.

Avec hauteur, Melissa demanda :

— Alors, pourquoi ai-je l'impression que vous êtes accoutumé à obtenir ce que vous voulez ?

— Probablement parce que je l'ai conquis de haute lutte, répliqua-t-il.

Rien ne lui avait été offert sur un plateau d'argent. Ses parents jouissaient d'une certaine aisance, mais ils n'avaient jamais possédé autant d'argent qu'il en avait accumulé.

Elle eut un sourire qui n'avait rien d'approbateur.

— Et maintenant, vous croyez pouvoir acheter les choses ou les gens.

Il la regarda bien en face, souhaitant farouchement la voir battre en retraite, retirer son insultante insinuation. Son regard bleu plein de dérision et de mépris ne vacilla pas. Pour Matt, ce fut comme un coup de poing au creux de l'estomac. Il n'avait plus la moindre envie de la conquérir.

Quand elle l'avait accusé de tricher, elle avait eu quelque raison de le faire. Cela pouvait s'excuser, et même devenir source de plaisanterie entre eux. Mais ceci, non. Il se fichait pas mal de ce qu'elle avait vécu, ou de ce que cet autre homme lui avait fait. Rien ne justifiait qu'elle le soupçonnât d'utiliser son argent pour séduire. Comme si ses propres mérites ne suffisaient pas !

Edifiant mentalement une barrière infranchissable

entre lui et cette femme qui le rabaissait de façon si mesquine, il laissa tomber :

— En fait, je n'ai aucun goût pour les filles faciles et les croqueuses de diamants.

Il la regarda avec un mépris égal au sien et eut la brève et sauvage satisfaction de la voir frémir.

— Matt !

L'intonation scandalisée de sa mère le rappela à ses bonnes manières. D'un ton qui invitait la jeune femme à démentir son commentaire, il lança :

— Désolé. Aurais-je mal interprété votre pensée, Melissa ?

Elle rougit violemment. Bien fait ! Puisqu'elle avait initié ce duel, qu'elle sache encaisser lorsqu'il faisait mouche !

— J'aurais peut-être dû préciser que je ne puis acheter la femme que j'aimerais avoir, poursuivit-il. Il faudrait qu'elle désire elle-même ce que j'attends du mariage. Sans quoi, cela ne fonctionnerait pas. Tout l'argent du monde n'y changerait rien.

Qu'elle rumine un peu celle-là !

— L'argent est utile, Matt, intervint sa mère, inquiète de la tension qui régnait dans l'air. Les difficultés financières pèsent souvent sur un couple. Il vaut beaucoup mieux ne pas avoir de soucis de ce côté-là.

Un conseil dont Matt n'avait nul besoin. Résolu à étouffer dans l'œuf toutes les bonnes intentions qu'il avait nourries envers Melissa Kelly, il poursuivit délibérément :

— Oh, je n'aurais aucun mal, par exemple, à trouver des fonds pour acheter une maison avec cinq chambres, piscine et court de tennis. Si j'en avais l'usage, bien entendu.

— Cinq chambres ? s'étonna Cynthia.

Matt continua de transpercer Melissa du regard, enfonçant le clou.

— Je crois que la question portait sur le pouvoir d'achat. Satisfaite?

Toujours empourprée, mais le regard plein d'un orgueil têtu, elle soutint l'assaut.

— Puisque vous avez tant de choses à offrir, vous devriez prévoir un contrat. Cela vous éviterait de vous faire escroquer par une femme sans scrupules... si le mariage venait à vous décevoir et que vous désiriez le divorce.

— J'ai ce genre de pratiques en horreur! déclara Cynthia d'un ton chagrin. Comment un couple pourrait-il durer sans confiance et sans engagement mutuels? Il ne faut pas se marier, quand on anticipe déjà un échec.

— On ne saurait mieux dire, souligna Matt, coupant l'herbe sous le pied de Melissa.

Elle le dévisagea fixement. Il fit de même, la mettant au défi de poursuivre ses attaques, lui promettant en silence des représailles qu'elle n'oublierait pas de sitôt. Il vit surgir de la confusion dans son regard. Puis elle baissa les yeux, renonçant au combat.

Pour Matt, ce fut une amère victoire. Un sentiment de deuil l'envahit. Il valait mieux qu'il ne se lie pas à Melissa Kelly. Qu'elle marine dans son amertume! Ce n'était pas en entretenant sa rancœur qu'elle trouverait le bonheur.

Pour une fois, sa mère se montra discrète et n'insista pas pour faire valoir son opinion. Melissa, elle, ne revint pas à la charge. Indifférent au silence qui régnait à présent dans leur coin, Matt acheva son plat, sans aucun appétit.

Toutefois, quand la serveuse eut emporté son assiette vide, il ne put se résoudre à avaler le dessert disposé sur le buffet : une mousse aux fruits de la passion, rappel ironique de la passion qu'il avait rêvé de vivre avec Melissa — et qu'il ne vivrait jamais.

Sa mère tenta de ranimer la conversation, demandant à

la jeune femme ce qu'elle avait de prévu à son programme, s'étalant sur le caractère agréable des traitements de l'esthéticienne... Matt garda un silence obstiné. Il décida de se rendre au village et de s'y offrir un bon remontant. Au diable la vie saine!

— Assisteras-tu au cours de yoga? s'enquit timidement sa mère, en le voyant se lever de table.

— Non, je vais faire une balade au grand air, répondit-il en décochant un regard railleur à Melissa. J'espère que la méditation t'aidera à te détendre pour passer une bonne nuit. Ce serait dommage de ne tirer aucun profit de ton séjour ici.

Avant que l'une d'elles ait pu placer un mot, il leur concéda un sourire et acheva:

— Veuillez m'excuser.

Il partit sans un regard en arrière. A quoi bon regretter ce qui n'avait pas eu lieu?

7.

L'air vespéral était presque glacé. L'hiver était plus mordant qu'à Sydney, dans les hauts plateaux du sud. Matt fit une halte au cottage pour prendre sa parka et ses gants. Inutile d'attraper froid : il désirait seulement se revigorer le corps et l'esprit. L'alcool ne lui rendrait sans doute pas sa bonne humeur, ce soir, mais il l'aiderait à oublier ses espoirs déçus.

Alors qu'il ressortait, son attention fut attirée par un claquement de talons. Quelqu'un franchissait au pas de course la terrasse menant à la réception. Son regard se focalisa sur la silhouette mouvante de Melissa Kelly. Elle l'aperçut et s'immobilisa, haletante, rivant son regard au sien, dans un élan d'urgence.

— Il est arrivé quelque chose à ma mère ? interrogeat-il avec anxiété.

— Non ! Je... je voulais seulement... vous rattraper... vous parler...

Elle s'exprimait de façon saccadée, le souffle haletant. Il remarqua qu'elle portait à présent son blouson de cuir, dont elle n'avait pas pris la peine de remonter la fermeture Eclair. Elle tenait ses gants serrés dans une main. De toute évidence, elle avait eu l'intention de le rejoindre, où qu'il fût allé. Cela piqua la curiosité de Matt.

— On prend des risques ? Le Petit Chaperon Rouge courant après le Grand Méchant Loup ?

Elle eut un mouvement de tête angoissé.

— Je suis navrée, avoua-t-elle. Vous pensez sûrement que je ne vaux pas la peine qu'on s'intéresse à moi, mais... je regrette ce que je vous ai dit tout à l'heure.

Désolée d'avoir gâché une véritable chance ? « Trop tard, ma belle ! » pensa Matt. Melissa Kelly s'était montrée sous son vrai jour et il le trouvait tout à fait déplaisant. Il ne voulait pas avoir affaire à elle.

— Chacun a le droit d'avoir une opinion, répliqua-t-il, dédaignant ses excuses.

— Pas si elle est injuste, objecta-t-elle, apparemment mortifiée par cet aveu.

Il fronça les sourcils, taraudé par son propre sens de la justice. Etait-elle sincèrement bouleversée de l'avoir méjugé, ou bien avait-elle un projet derrière la tête ?

— Puis-je faire quelques pas avec vous ? demanda-t-elle.

Son cynisme refit surface aussitôt. Il n'était pas né de la dernière pluie. Si elle croyait pouvoir l'amadouer et relancer la partie entre eux, elle risquait une sacrée déconvenue. Et elle ne l'aurait pas volé !

Il haussa les épaules avec indifférence.

— Nous sommes dans un pays libre. Mais si c'est d'un chaperon que vous avez besoin, je dois vous avertir que je me rends au pub local et que je compte y passer un bout de temps. Et je me fiche complètement que vous appeliez ça de la triche, déclara-t-il en la toisant avec un parfait dédain.

Elle prit une profonde inspiration et acquiesça.

— Juste retour des choses.

Piqué de la voir insister sur l'idée de justice, il s'engagea sur le chemin à grands pas, sans se soucier d'elle. Il ne l'avait pas invitée. Il n'avait pas envie de l'avoir sur les talons, sa présence ne faisant que raviver le désir qu'elle avait allumé en lui et la façon dont il s'était aveuglément jeté à sa tête. De toute évidence, elle regrettait à présent d'avoir gâché ses chances avec lui. Il n'était pas une si mauvaise affaire, après tout. Eh bien, qu'elle se perde en regrets ! Il n'avait nul besoin d'une femme sans jugeote.

— Je suis vraiment navrée de vous avoir blessé.

Sa contrition le piqua dans sa fierté. Il s'immobilisa, la foudroyant du regard dans la pénombre. Puis lança d'un ton mordant :

— Je ne saigne pas.

— Moi, si, répondit-elle à voix basse. Et j'ai profondément honte de m'être défoulée sur vous, Matt.

Il émanait d'elle tant de sincérité qu'il ne put se résoudre à rester incrédule.

— Ça vous ennuierait de vous expliquer ?

Il maudit aussitôt sa question impulsive. Il n'avait rien à gagner en prolongeant cette rencontre. Le plus simple était d'accepter ses excuses et d'oublier l'épisode.

Elle se remit à marcher, tête basse, méditant sans doute ce qu'elle allait dire, ou se demandant s'il serait bénéfique ou non de lui dire quoi que ce fût. Il lui emboîta le pas, à son rythme. Il pouvait se permettre de lui accorder un peu de compassion. Peut-être souffrait-elle pour de bon, qui sait ?

— Vous aviez raison, cet après-midi, admit-elle avec un soupir. Je vous ai peint aux couleurs d'un autre. Vous avez des traits communs avec lui.

Matt serra les mâchoires, blessé dans sa fierté une fois de plus. Charmant d'apprendre qu'il ressemblait à un salopard. Au demeurant, quels que fussent leurs points communs, cela n'excusait en rien le fait de l'avoir accablé de crimes qu'il n'avait pas commis.

— J'ai découvert il y a seulement deux semaines qu'il était marié. Pendant tout le temps qu'a duré notre... liaison, pendant deux longues années, il m'a fait croire que j'étais la seule...

Elle prit une profonde inspiration, lâchant un long soupir saccadé.

— En plus, il avait trois enfants, reprit-elle avec amertume.

— Deux ans ? Comment est-ce possible ? s'enquit Matt, oubliant qu'il ne voulait pas s'impliquer, surpris qu'une telle supercherie ait pu se prolonger aussi longtemps.

— Je le voyais à Rome, où il se rendait pour affaires. En fait, il habite Milan mais nous nous retrouvions à Rome chaque fois qu'il y allait.

— Commode.

— Oui. Il avait tout agencé. On aurait dit... qu'il ne songeait qu'à me faire plaisir. Surprises agréables, cadeaux, hôtels romantiques...

— Le parfait *latin lover*, quoi, commenta Matt, cynique.

— C'est le rôle qu'il a joué, oui. Quand il m'a enfin avoué qu'il avait une femme et une famille, il a été stupéfait que je refuse de rester sa maîtresse. Il croyait que je serais heureuse d'être son « petit à-côté ». Que ma complaisance lui était acquise.

L'argent qui achète tout... Elle l'avait accusé sans réfléchir, sous l'emprise de souvenirs pénibles. Mais cela ne l'excusait pas. Elle n'avait pas à supposer qu'il était de la même eau que son ex-amant. Il était différent. Même si elle ne s'en rendait pas compte.

— Suis-je son sosie ?

Elle parut désorientée, comme s'il venait de l'arracher à ses souvenirs.

— Pardon ?

— Vous avez dit que je lui ressemblais, remémora-t-il.

Elle parvint à lui octroyer un petit sourire désabusé.

— Pas vraiment. Plus maintenant. Ce n'était qu'une première impression, je suppose. Cette façon que vous avez eue de jeter votre dévolu sur moi. Votre assurance. Ça m'a agacée.

— Et suscité une envie instantanée de m'envoyer sur les roses ?

54

— Quelque chose dans ce genre-là.

Parce qu'elle avait ressenti de l'attirance et ne s'était pas sentie prête à l'assumer, se méfiant de sentiments qui l'avaient déjà amenée à se fourvoyer ? Matt éprouva soudain le besoin pressant de demander :

— Mais je ne lui ressemble pas physiquement ?

— Pas du tout.

Un élan de soulagement l'envahit. Elle ne les confondrait plus, désormais. L'idée d'être pris pour un autre lui faisait horreur — surtout s'il s'agissait d'un tricheur menant une double vie.

Ils avaient quitté le parc de l'établissement et se dirigeaient vers le village, le long de la route. Matt remarqua que les étoiles étaient très brillantes, dans le ciel campagnard clair et pur. L'air frais était revigorant. Il n'avait plus envie de se soûler, tout à coup. Peut-être avait-il tout de même sa chance avec Melissa Kelly. Si elle était capable d'oublier l'autre type.

— Vous l'aimez toujours ?

— Non, dit-elle d'un ton appuyé. Il ne m'aimait pas. Il aimait coucher avec moi, c'est tout.

Désillusions. Une sacrée douche froide, en effet. Qui présentait au moins un avantage : elle voyait clair au sujet de ce *latin lover,* désormais. Matt ne reprochait pas à cet homme de l'avoir désirée, loin de là. Et pour cause : il lui avait suffi, à lui, de la regarder pour... avoir envie de coucher avec elle. La question était... avait-elle envie de coucher avec lui ?

Elle ne voyait plus en lui un repoussoir, un exutoire à sa douleur. Elle s'était excusée, elle lui avait même fait des confidences. Cela signifiait qu'elle attachait de l'importance à l'opinion qu'il avait d'elle. Ou qu'elle regrettait d'avoir été injuste. Pas de plans sur la comète, se recommanda-t-il comme elle marchait près de lui, tête basse, plongée dans des pensées où il n'avait sans doute pas de part.

Ils approchaient du village. Le repousserait-elle s'il l'invitait à prendre un verre avec lui au pub? Qui ne risque rien n'a rien, se dit-il. Et puis, maintenant qu'il connaissait son passé, il se sentait capable d'accepter une nouvelle déconvenue.

Il allait parler, lorsqu'elle ralentit et redressa la tête, regardant autour d'elle comme si elle avait perdu conscience de l'endroit où elle se trouvait. Elle vit la rue éclairée, devant eux, et se tourna vers lui. Ses yeux brillaient, il identifia des larmes, prêtes à déborder.

— Je vais rentrer, maintenant, annonça-t-elle d'une voix rauque. Merci de... m'avoir écoutée.

— De rien, affirma-t-il, cherchant instinctivement à la réconforter.

Il ne voulait pas qu'elle se morfonde au sujet du salopard qui l'avait trompée. Ce n'était pas la fin du monde, que diable! Elle était si belle, si désirable, avec ses lèvres qui tremblaient un peu...

Son cœur se mit à battre plus vite et son vernis d'homme civilisé se craquela de toutes parts. Son corps s'embrasa sous l'effet d'un élan primitif. Alors, il fit un pas en avant, prit Melissa dans ses bras... et l'embrassa avec une passion lancinante, désireux d'effacer le *latin lover* de sa vie et de ses souvenirs, désireux de la marquer de sa propre empreinte, envahi d'envies confuses dont elle était la source vive.

Melissa n'avait rien vu venir. Sans prévenir, Matt l'avait enlacée avec détermination et embrassée à perdre haleine. Un vertige délicieux l'avait envahie, dissipant ses idées noires — et tout ce qui n'était pas leur baiser.

Puis sa langue se mêla à la sienne, caressant son palais, déclenchant une flambée d'érotisme qui la poussa à lui répondre, avec colère d'abord parce qu'il ne lui avait pas demandé son consentement, puis avec curiosité, soudain poussée à explorer elle aussi sa bouche virile avec toute la violence passionnée de quelqu'un qui cherche à panser ses blessures, à ranimer ses rêves, à reconquérir sa propre estime.

Et le pouvoir salvateur de ce baiser excitant et jubilatoire fut comme un baume sur ses plaies. De nouveau, elle se sentait femme, formidablement vivante. Son sentiment de solitude se dissipa, réduit en cendres par le brasier du désir. Lorsqu'une main virile se posa sur ses seins, agaçant doucement une pointe raidie, elle se sentit défaillir.

Sans qu'elle en eût conscience, son corps quêta la satisfaction de sentir son excitation. Elle se pressa contre Matt, se dressant sur la pointe des pieds pour accueillir le renflement viril à l'endroit où il avait naturellement sa place. Il écarta ses lèvres des siennes et elle l'entendit gémir, alors qu'il s'adaptait à ses mouvements. Ce fut seulement en le sentant remuer contre elle, répondant à son invite, qu'elle reprit ses esprits.

Mon Dieu! Elle encourageait un homme qu'elle connaissait à peine à avoir des relations intimes avec elle, elle jouissait de ses baisers, de ses caresses, de sa... virilité! Ses mains s'étaient nouées autour de sa nuque masculine, le retenant contre elle, l'encourageant à aller plus avant. Elle avait oublié l'endroit et l'heure, les circonstances...

Elle en demeura saisie. Et même épouvantée. Renversant la tête en arrière pour esquiver un nouveau baiser dévastateur, elle installa quelque distance entre eux.

— Arrêtez, haleta-t-elle.

La main de Matt se figea sur sa poitrine. Il s'écarta.

— Pas de problème, murmura-t-il d'une voix bourrue. Je ne cherchais pas à... vous culbuter sur la moquette.

Elle ne savait que dire, comment expliquer son comportement. Elle déglutit avec difficulté, retrouvant son souffle avec peine.

— Pas de problème, répéta-t-il avec plus de force, en esquissant un sourire. C'est très bien comme ça ! C'est formidable. Epatant. Merveilleux !

Son sourire s'élargit jusqu'aux oreilles, comme il suggérait :

— Marions-nous.

— Pardon ?

— Marions-nous, redit-il d'un ton jubilatoire.

— Auriez-vous perdu la tête ?

— Je n'ai jamais été plus sensé de toute ma vie.

— Juste pour me culbuter ? s'écria-t-elle.

— Et pour avoir quatre enfants.

Melissa le dévisagea, totalement abasourdie. Il se pencha pour ramasser les gants qu'elle avait laissés tomber à terre. Puis il la prit par la main, nouant ses doigts aux siens et les serrant doucement.

— Venez. Nous discuterons de ça autour d'un verre. Un mariage, ça se prépare !

— Un mariage ? répéta-t-elle dans un état second.

— Ce serait moins compliqué et plus rapide de nous contenter d'une cérémonie civile, mais je sais que les femmes adorent les grandes réceptions. Je ne veux pas vous en priver.

Il l'entraîna, et elle se laissa faire. Sa raison lui criait qu'il s'agissait d'une folie. Mais Matt la tenait par la main, lui transmettant une énergie irrésistible et, sourd aux objections de sa raison, son propre corps semblait n'obéir qu'à sa volonté propre. Il voulait suivre Matt. Et il obtint gain de cause.

8.

De la dynamite! pensait Matt avec exultation. Les sensations explosives qu'il venait d'éprouver n'étaient pas encore dissipées, loin de là, quand il entraîna Melissa au pub. Pourquoi n'avait-il jamais ressenti, auparavant, une vitalité, une énergie, une excitation aussi intenses?

Son père lui avait raconté qu'il avait décidé d'épouser sa mère le jour où il l'avait rencontrée. Matt n'avait pas cru à ce récit. Le mariage était une affaire sérieuse qui ne se décidait pas sur un coup de tête. Il avait pensé, non sans cynisme, que son père se livrait à une réinterprétation du passé. Maintenant, il comprenait qu'il n'avait rien inventé. Tous les signes étaient au rendez-vous, lui soufflant que Melissa Kelly était la femme de sa vie.

Dieu soit loué, Sue et Janelle avaient continué leur chemin de leur côté, le laissant libre d'accueillir cette chance! Avec elles, il avait seulement abordé la question du mariage, y voyant un prolongement possible de leur relation, soupesant le pour et le contre. Eh bien, il avait failli commettre une énorme erreur. Il avait failli ne jamais connaître la sensation inouïe qu'il éprouvait en cet instant.

Melissa était l'élue, la seule, l'unique. Elle pensait sûrement que sa proposition était impulsive, insensée, mais Matt savait qu'il n'était pas fou. Souvent, en affaires, il repérait d'instinct les petites indications

59

magiques qui lui dictaient de saisir telle ou telle opportunité, sans hésitation. De même pour le choix de ses collaborateurs importants : une sorte de sixième sens lui soufflait, de manière impérieuse, que telle personne convenait bien mieux que telle autre. Et il avait appris à suivre cet instinct. Une grande partie de son succès reposait là-dessus.

Il était hors de question qu'il ne lui obéisse pas maintenant.

Toute la journée, il avait capté, mémorisé tout ce qui concernait Melissa, sans pouvoir penser à rien d'autre. Le *latin lover* avait empoisonné leur rencontre, mais l'obstacle était à présent surmonté. Ils pouvaient aller de l'avant, il en était sûr. Melissa était là, avec lui. Elle ne l'avait pas rejeté, elle n'était pas partie.

Dans le pub, environné par la chaleur ambiante, happé par l'atmosphère conviviale et réconfortante que créait l'immense feu de bois crépitant dans le foyer, Matt reprit la véritable mesure du froid qui régnait au-dehors. Il mena Melissa près de l'amicale flambée et la fit asseoir, lui lâchant la main à regret.

— Qu'est-ce que tu prends ? demanda-t-il.

Ses yeux lavande étaient dilatés et, son regard, légèrement hébété. Il espéra qu'elle était dominée par des pensées similaires aux siennes. Il avait du mal à se concentrer sur autre chose.

— Bière, gin, brandy..., suggéra-t-il pour l'aider.

— Gin. Gin tonic.

— Je reviens tout de suite.

Matt gagna le bar et commanda deux gin tonic, n'ayant guère envie de se contenter d'une bière en des circonstances aussi exceptionnelles.

Comme on lui servait les boissons demandées, il regarda autour de lui d'un air approbateur. Ce n'était pas le genre d'endroit qu'il aurait choisi pour faire une demande en mariage, mais le moment n'avait rien d'ordinaire. Et puis, les lieux lui convenaient, et il saurait s'arranger pour que cela convienne à Melissa aussi. Cet agréable vieux pub campagnard possédait une atmosphère terrienne, très favorable à sa cause.

Il aimait le côté vieillot de l'endroit — pas de tables en Formica ou de posters ici, mais de vieux meubles cirés à ferrures en cuivre bien luisantes, des fenêtres à meneaux, des photographies anciennes, des lampes douces, et quelques charmants bibelots. Le tout dégageait une impression de pérennité.

C'était justement ce qu'il désirait dans le mariage : du solide, du durable. « Jusqu'à ce que la mort nous sépare », songea-t-il. Il espérait, cela dit, qu'il ne mourrait pas aussi jeune que son père, parti à 58 ans à peine.

« Saisis l'occasion », s'intima-t-il en payant les consommations et en emportant les verres jusqu'à la table où se tenait la femme de sa vie. Sa libido avait parlé au bon moment, lorsqu'il l'avait embrassée. Il avait même une envie folle de l'embrasser de nouveau. Le retour à l'établissement de cure s'annonçait comme une partie de plaisir...

Melissa semblait perdue dans une rêverie intime.

— Un gin tonic pour mademoiselle ! annonça-t-il en déposant le verre devant elle.

Elle tourna son regard vers lui en tressaillant. Elle le dévisagea comme si elle le voyait pour la première fois et le trouvait digne d'un intérêt soutenu.

Matt s'installa bien en face d'elle, pour se camper dans son champ de vision. Le contact visuel comptait beaucoup, quand on voulait être persuasif. Bien des souvenirs occupaient l'esprit de Melissa, de toute évidence. Elle n'était sans doute pas aussi convaincue que lui qu'ils avaient un avenir ensemble. Pour sa part, il avait l'habitude de prendre en hâte des décisions difficiles. Melissa, en revanche, pouvait être affectée par l'erreur qu'elle avait commise avec le type de Rome.

Il lui sourit, chaleureux et approbateur.

— Je suis content que nous ayons tiré les choses au clair.

Elle eut une expression circonspecte.

— Nous n'avons rien tiré au clair du tout.

— Bien sûr que si, dit-il, résolu à positiver. Un, je ne suis pas ton *latin lover*. Deux, je suis un célibataire bien sous tous rapports animé des meilleures intentions. Trois, nous sommes très bien assortis. Quatre, nous sommes prêts à nous marier et à fonder une famille. Rien ne nous empêche de le faire ensemble, et plus vite nous nous y mettrons, mieux cela vaudra.

Il aurait pu ajouter qu'aucune femme ne lui avait procuré autant d'excitation sexuelle et qu'il rêvait de la voir toute nue, mais il lui semblait qu'à ce stade, il valait mieux se raccrocher aux arguments logiques. Plus tard, il alimenterait la passion qui avait flambé entre eux.

Son beau regard bleu vacilla, face à l'assurance qu'il affichait.

— Mais je ne suis pas amoureuse de toi, protesta-t-elle.

Amoureuse... L'ordonnancement des pensées de Matt fut rudement chamboulé. La force émotionnelle de ce mot mettait sens dessus dessous son plan d'action tout tracé.

L'amour... qu'était-ce, après tout? Quelque chose qui se nourrissait de désir, de sympathie, de respect. Il finirait par être au rendez-vous, pensa-t-il. Au demeurant, à lui seul, l'amour ne constituait pas une garantie d'avenir durable pour un couple. Melissa aurait dû le savoir. Où l'amour l'avait-il menée, dans un passé récent? Au fond du gouffre!

Elle avait besoin d'être aiguillée vers les aspects pratiques du mariage — la vraie réalité de la vie à deux, et non les rêveries romantiques nourries de cadeaux et bouquets de fleurs. Si elle avait habité Rome, l'imposture n'aurait jamais duré aussi longtemps.

— « Le corps a ses raisons... », plagia-t-il. Sur ce plan-là, nous sommes visiblement faits pour nous entendre. Il y a des atomes crochus entre nous, Melissa. A quoi bon le nier ?

Elle rougit, ce qui la rendit encore plus belle. Ses paupières s'abaissèrent.

— Cela ne suffit pas à faire un couple, murmura-t-elle, saisissant son verre pour siroter son gin tonic — un refuge comme un autre.

— Tu as raison. La bonne volonté, les buts communs, l'engagement mutuel comptent infiniment plus. Les mariages de convenance ne sont pas rares et fonctionnent très bien, lorsque ces éléments sont déjà là au départ. L'amour n'y entre pas pour beaucoup.

— Mais je te connais à peine ! s'écria-t-elle, trahissant son tourment intérieur.

— Connaissais-tu l'homme qui t'a abusée pendant deux ans ? répliqua-t-il.

Il le regretta aussitôt en voyant son visage se crisper. Bon sang ! Il ne voulait pas la faire penser à lui ! Même si elle avait besoin de comprendre que seuls les faits concrets comptaient, pour jauger quelqu'un, et pas seulement les sentiments qu'il vous inspirait. Matt s'était déjà fait une idée très précise de sa vie et de ses antécédents. Elle aurait dû en avoir fait de même de son côté.

— Nos objectifs communs pourraient être une excellente base de départ, insista-t-il gentiment, cherchant à atténuer son chagrin. Il est inutile de s'encombrer d'un mauvais bagage sentimental. Nous avons les mêmes valeurs. Nous pourrions les partager.

Cela retint son attention. Elle était de nouveau sur sa longueur d'onde. Soucieux d'apaiser ses doutes et ses peurs, il lui demanda :

— Que désires-tu savoir ?

Il n'avait rien à cacher. Sa secrétaire aurait pu dresser la liste de ses petits défauts, mais qui n'en possédait pas ?

Il n'aurait pas été humain, s'il avait été parfait. Les femmes étant ce qu'elles sont, Sue et Janelle auraient pu ajouter à cette liste quelques autres imperfections de leur cru. Quoi qu'il en soit, toutes les relations fonctionnaient sur la base d'un échange et l'acceptation du compromis. Le mariage ne faisait pas exception.

Melissa refléchissait. Matt ne la pressa pas. C'était déjà un grand pas pour elle que de l'envisager sous le jour d'un mari possible. Elle savait qu'il gagnait bien sa vie, qu'ils partageaient les mêmes objectifs, qu'ils avaient des atomes crochus. Et ils n'avaient rien à redouter de leur nuit de noces, après le baiser qu'il venaient d'échanger.

Le regard de la jeune femme dériva, se focalisant sur ses mains viriles, l'une négligemment repliée sur son verre, l'autre posée à proximité. Songeait-elle aux caresses qu'il lui avait données ? Il demeura immobile, conscient de l'accélération des battements de son cœur tandis que des visions érotiques surgissaient dans son esprit. Melissa Kelly avait le corps le plus sexy qui fût. Et sa bouche... Comme si elle nourrissait les mêmes pensées, elle leva les yeux vers ses lèvres.

Matt se réjouit d'être séparé d'elle par la vieille table de bois. Son cœur battait trop vite, son sang affluait à son bas ventre, éveillant des sensations... Il serra le poing, cherchant à dompter son désir. Il avait tant envie de l'embrasser qu'il avait peine à se maîtriser.

— Tu me proposes, énonça-t-elle lentement, en le regardant dans les yeux, un... mariage de convenance.

— Oui.

Si elle tenait à considérer les choses sous cet angle, Matt n'y voyait aucun inconvénient — du moment qu'elle envisageait pour eux une vie de couple.

— Ça nous évitera de perdre du temps, avança-t-il, cherchant d'autres arguments pour la convaincre. Je ne veux pas être un vieux père. Et tu es la mère idéale pour mes enfants. Tu as de bons gènes, j'en suis sûr.

Cela lui valut un sourire.

— Les tiens n'ont pas l'air mal non plus.

Il eut un large sourire.

— Je suis tel que tu me vois.

Elle soupira.

— Ce n'est pas aussi simple que ça, n'est-ce pas ? Il y a la vie au quotidien.

— Les gens raisonnables trouvent toujours un terrain d'entente.

Les cœurs affectueux aussi, ajouta-t-il pour lui-même. Tout comme lui, Melissa Kelly n'aimait pas blesser son entourage. Elle l'avait prouvé en s'excusant auprès de lui, ce soir. Son souci de justice et sa loyauté lui plaisaient.

— Malgré ta belle virilité apparente, tu pourrais aller à l'échec.

— Pardon ?

— As-tu déjà eu des enfants ?

D'abord choqué de voir sa capacité de reproducteur mise en doute, Matt se ressaisit.

— Je ne suis pas un semeur de bâtards irresponsable !

— Simple vérification. Si nous nous marions pour avoir des enfants...

— Très bien. Nous ferons d'abord des tests. C'est une idée sensée, approuva Matt, bien qu'il n'eût pas la moindre envie d'être raisonnable, en ce qui concernait Melissa Kelly.

Il ne voulait pas l'effaroucher. Et puis, pourquoi n'aurait-il pu engendrer des enfants, tout comme son père ?

— Je suppose qu'on ne peut être jamais sûr à cent pour cent, observa-t-elle d'un air songeur. Il y a des couples qui essaient pendant des années...

— Cela ne nous arrivera pas, trancha Matt.

Certains hommes n'étaient pas très portés sur le sexe. Il n'en faisait pas partie ! Il n'aurait pas à se forcer pour essayer de rendre Melissa enceinte !

Elle ne se méprit guère à son regard brûlant et eut un rire gêné.

— C'est dingue de parler de ça.

— Pas pour moi, objecta-t-il.

Elle fronça les sourcils, avala une gorgée de gin tonic, puis hocha la tête.

— Nous ne nous connaissons que depuis ce matin.

— Et alors? Faut-il longtemps pour reconnaître la chance de sa vie?

Le regard incertain de Melissa flirta avec le sien.

— Je ne pourrais pas t'épouser sans accord prénuptial.

Ce fut au tour de Matt de froncer les sourcils. Argent, divorce... ces deux sujets ne lui disaient rien qui vaille. Ses parents n'étaient-ils pas heureux ensemble? Constituaient-ils un exemple trop rare pour être cité?

Conscient de sous-estimer cet élément important, il demanda simplement :

— Que veux-tu y mettre?

— Que je n'aurai aucun droit sur les biens que je n'aurai pas apportés dans la communauté si nous n'avons pas d'enfants. Je ne suis pas une croqueuse de diamants, Matt. Si nous venons à divorcer, je n'essaierai pas de profiter de toi pour...

— Parfait! interrompit-il, satisfait de son intégrité.

La question d'argent étant réglée, Matt n'hésita pas à suggérer :

— Si ce document peut te rassurer, nous le ferons établir.

Il était certain de rendre Melissa enceinte en un rien de temps. L'accord en question deviendrait nul et non avenu aussitôt signé. La jeune femme se carra sur son siège, soulagée. Un sourire se joua enfin sur ses lèvres.

— Tu veux vraiment quatre enfants? demanda-t-elle avec élan, oubliant un peu sa prudence.

Il ne put s'empêcher de sourire, sous l'effet du soulagement et d'un sentiment de triomphe.

— Oh, oui. Je suis sûr que je ferai un père formidable.

Elle rit, puis sembla de nouveau la proie du doute.

— C'est trop beau pour être vrai.

Se penchant par-dessus la table, Matt lui saisit la main, isolant délibérément l'annulaire.

— Je pourrais t'acheter une bague de fiançailles dès demain. Tu y croirais davantage, comme ça ?

Elle le contempla avec surprise, comme si elle comprenait enfin qu'il parlait sérieusement. Matt retint entre ses doigts la main qu'elle ne songeait pas à retirer, savourant le contact de sa peau fine.

— Pour l'instant, discutons comme si ce n'était qu'un rêve, proposa-t-il. Etant donné que la loi nous oblige à attendre au moins un mois avant de nous marier, dis-moi ce que tu aimerais. Un diamant ? Un saphir pour aller avec la couleur de tes yeux ? Quel genre de mariage veux-tu ? Où désires-tu passer ta lune de miel ?

— Matt..., commença-t-elle, prête à se récrier.

— Allons, juste pour le plaisir ! Ça ne peut pas faire de mal de parler.

Elle soupira, secouant la tension qui l'habitait.

— Bon, d'accord, mais juste pour le plaisir, alors.

Matt s'appliqua à se montrer gai et enjoué, tandis qu'il lui soutirait ses rêveries secrètes. Il désirait cette femme. Et il allait la conquérir. D'une façon ou d'une autre.

9.

— Six jours, lâcha Megan, interrompant son trait d'eye-liner pour regarder Melissa d'un air rembruni. Tu ne parles pas sérieusement ! Envisager d'épouser un homme qu'on connaît depuis six jours. C'est dingue !

Sans cesser de bercer le bébé qu'elle tenait dans ses bras, Melissa leva les yeux, répondant par un sourire serein au regard noir et incrédule de sa sœur, reflété dans le miroir.

— Redis-moi ça quand tu l'auras rencontré, suggéra-t-elle.

Matt avait accepté d'emblée de faire connaissance avec sa famille au baptême du petit Patrick, qui aurait lieu dans deux heures. Il saurait alors persuader chacun qu'avec lui, rien n'était impossible. Melissa en aurait juré. Son assurance innée exerçait un pouvoir irrésistible. Même sur elle-même.

Megan fit volte-face sur son siège, trop perturbée pour achever son maquillage en vue des festivités familiales.

— Melissa, je ne suis pas dupe. Depuis que tu es rentrée de Rome, tu agis bizarrement. La coupe de cheveux, la moto... Tes fiançailles avec Matt Davis sont le contrecoup de cette histoire avec Giorgio.

— Tu te trompes. C'est la décision la plus sensée que j'aie jamais prise.

— Tu apportes de l'eau à mon moulin. Tu n'es pas amoureuse de ce type.

Melissa sentit son cœur faire un bond dans sa poitrine et, très vite, elle baissa les yeux vers Patrick, qui s'était endormi comme un bienheureux. Si tout se déroulait bien, d'ici un an, elle aurait elle aussi un bébé à chérir. Un bébé qui lui rendrait son amour avec la confiance absolue des enfants. Elle saurait s'en contenter. Elle aurait les enfants qu'elle désirait et Matt serait un bon père. Le vide douloureux qu'elle ressentait aujourd'hui serait cent fois comblé.

— Tout le monde ne remporte pas le gros lot, Megan, argua-t-elle, luttant pour dissimuler son désespoir secret. J'aime bien Matt. Il me fait rire. L'humour est peut-être meilleur que l'amour.

— Sait-il que...? Tu ne lui as pas laissé croire...

— Je ne lui mens pas. Nous nous comprenons. Matt veut des enfants, lui aussi.

Megan hocha la tête.

— Il doit y avoir quelque chose qui cloche, chez lui.

— Pourquoi?

— Te proposer le mariage, comme ça... Et si vite. Est-il homosexuel?

— Pardon? fit Melissa, éberluée.

Puis elle éclata de rire. Furieuse, Megan protesta :

— Je ne plaisante pas! Je m'inquiète de savoir dans quoi tu mets les pieds. Et s'il veut seulement une famille, hein?

— Il y a bien autre chose que ça dans son désir, crois-moi... Matt est hétérosexuel en diable.

— Tu as fait l'amour avec lui?

Melissa devint aussitôt plus grave.

— Non. Et je ne le ferai pas. Pas avant d'être mariée. C'est donnant donnant. On ne me mènera pas en bateau une deuxième fois, Megan.

— Bon sang! Tu cherches à lui faire payer ta propre erreur. Si tu n'es pas capable d'oublier Giorgio, ton mariage sera un enfer.

Melissa redressa le menton, d'humeur belliqueuse.

— Avant, les gens attendaient d'être mariés pour coucher ensemble. Ça se pratique encore beaucoup, d'ailleurs, dans certains pays.

— Tu désires ce type, oui ou non ? Est-ce que Matt Davis t'attire ou bien comptes-tu le supporter tant bien que mal juste pour avoir des enfants ? répliqua Megan.

Melissa rougit.

— Ça ne te regarde pas...

— Il faut bien que quelqu'un te fasse entendre raison !

— Disons que ça ne me déplairait pas de partager son lit.

— Ça ne te déplairait pas ? Puisqu'il est hétérosexuel « en diable », comme tu dis, crois-tu qu'il appréciera une femme tiède ? Je vais te dire une chose...

— Bon, ça va ! Il m'attire terriblement, s'écria Melissa, exaspérée. Là, tu es contente ?

— Seulement un peu rassurée, grommela Megan en se retournant vers le miroir de la coiffeuse.

Melissa rumina un instant, pleine de rancœur. Elle et Matt avaient préparé ce mariage dans ses moindres détails. Cela ne regardait qu'eux. Elle était venue aider Megan pour le baptême et le repas familial, et voilà que sa sœur se croyait autorisée à la critiquer ! Elle qui avait tout reçu sur un plateau d'argent ! C'était un peu facile...

— Je vais recoucher Patrick un moment avant de lui donner son bain. Finis donc de te maquiller, suggéra-t-elle, quittant la salle de bains, honteuse de son élan de jalousie.

Au fond, Megan ne songeait qu'à son bien, Melissa en était consciente. Seulement voilà... Sa sœur ne comprenait pas. Elle ne pouvait pas comprendre... Leurs expériences n'étaient pas les mêmes.

Traversant hâtivement le salon et remarquant au passage, à travers les baies vitrées, que Rob, le mari de Megan, installait le barbecue au-dehors, Melissa gagna la nursery.

Elle admira les lieux une fois de plus. Megan avait créé une chambre délicieuse pour son bébé, toute en vert et blanc, avec de très jolis mobiles, un ravissant papier mural, des étagères remplies de peluches colorées. Melissa installa Patrick dans son berceau. Il était toujours profondément endormi. Elle ne résista pas au besoin de caresser sa peau douce...

Sa sœur avait déjà apprêté la robe de baptême de soie qui avait servi pour chaque nouveau-né de la famille Kelly depuis la venue au monde de leur frère aîné. Melissa caressa le vêtement avec révérence. « L'an prochain, pensa-t-elle, c'est mon bébé qui le revêtira. Mon bébé et celui de Matt. » Alors, elle oublierait totalement Giorgio et tout ce qu'il lui avait volé, parce que sa vie serait remplie d'amour. De véritable amour...

Cynthia fondit en larmes, médusant Matt à l'instant où il prenait ses clés de contact pour partir.

— C'est ma faute, s'écria-t-elle en se tordant les mains. Je sais que c'est ma faute. Si je ne t'avais pas harcelé au sujet des petits-enfants...

— Maman ! s'exclama-t-il avec irritation. Vas-tu enfin admettre que je fais ce que bon me semble ? Cela n'a rien à voir avec toi !

— Je vous ai poussés à vous mettre ensemble et maintenant, elle t'épouse pour ton argent, gémit Cynthia.

— Merci, maman. Vraiment, grand merci. Je croyais avoir d'autres atouts à mon actif.

Ce sarcasme était mal venu, il le savait, mais il était à bout.

— Je sortirai plus souvent, je m'inscrirai à des clubs, reprit sa mère, dont la voix s'élevait de façon hystérique. Je ferai un régime et je m'occuperai de moi. Tu n'as pas à t'inquiéter à mon sujet. Je peux mener une vie très satisfaisante sans petits-enfants.

— Parfait !

— Rien ne t'oblige à te marier et...

— Je veux épouser Melissa Kelly et rien de ce que tu pourras dire ou faire ne m'en empêchera. Alors, autant que tu l'acceptes. C'est exactement comme pour papa et toi...

— Ton père n'a pas été aussi vite ! Il m'a demandée en mariage au bout de six mois. Il m'a fait la cour. Il a fait les choses comme il faut. Et je l'aimais, moi...

Matt sentit son cœur se serrer. Soit, Melissa ne l'aimait pas. Ils avaient conclu un arrangement. Mais ils se désiraient. C'était suffisant pour créer une entente.

— Je dois partir, maintenant. Je suis désolé que tu sois bouleversée, maman, mais je t'assure que tu n'as aucune raison de l'être. Melissa ne m'épouse pas pour mon argent. Absolument pas. Je t'en prie...

Il lui décocha un sourire enjôleur.

— Allons, souhaite-moi bonne chance.

— Pourquoi tant de précipitation ?

Parce que... quand il s'agissait de Melissa Kelly, c'était comme ça qu'il fonctionnait. Et d'ailleurs, il n'était pas fait pour le célibat. Mais sa mère n'était sans doute pas capable de le comprendre. Hélas !

— J'y vais, maman. Tu as six semaines pour entreprendre un régime, si tu y tiens. J'aimerais que la mère du marié soit resplendissante.

Il gagna la porte d'entrée.

— Ne compte pas sur mon approbation ! lança Cynthia.

Il fit volte-face pour la regarder.

— C'est ma vie, maman, énonça-t-il tranquillement.

Il la quitta là-dessus, pensant qu'elle changerait de rengaine d'ici un an. Quand elle aurait un petit-fils à dorloter, elle pardonnerait et oublierait tout ce qui l'avait inquiétée.

Un bébé... Matt se sourit à lui-même, en s'installant au

volant pour retourner à Sydney. Ce serait formidable d'avoir un bébé avec Melissa. Cela les rapprocherait plus que n'importe quoi d'autre.

Quant à l'amour... Il viendrait. Il le fallait.

Sinon, les sentiments qu'il éprouvait en ce moment n'auraient pas eu de sens.

Dès l'instant où Melissa vit la Jaguar vert bouteille de Matt s'engager sur le parvis de l'église, sa tension se dissipa. Elle pouvait enfin se détendre. Il était là. Il n'était même pas en retard. Sa famille était venue en avance, avide de retrouvailles avant le début de la cérémonie. Leur curiosité au sujet du nouvel homme de sa vie l'avait contrainte à répondre à une flopée de questions gênantes.

— Voici Matt, annonça-t-elle.

— Il roule en Jaguar? remarqua son frère John, impressionné.

— Il fait quoi déjà, dans la vie? demanda Paul, son intérêt éveillé à la vue de la voiture de luxe.

— Matt possède et dirige une compagnie de marketing direct, répéta Melissa pour la énième fois, avec une patience outrée.

— J'imagine qu'il est habitué à obtenir ce qu'il veut quand il veut, lâcha John.

Melissa le foudroya du regard.

— Ce n'est pas pour son argent que je l'épouse.

Même si elle était contente qu'il en eût. Comme l'avait dit Cynthia, il était plus facile d'élever des enfants en dehors de toute contrainte financière. Or, Melissa voulait ce qu'il y avait de mieux pour sa future progéniture.

La Jaguar se gara, la portière du conducteur s'ouvrit et Matt descendit — superbe. Son physique splendide était rehaussé par un costume marine de coupe impeccable.

Agréablement surprise, la mère de Melissa s'exclama :

— Mon Dieu, quel bel homme !

— Ça oui, marmonna Megan.

— Excusez-moi, s'écria Melissa, se portant à sa rencontre.

Leur mariage serait réussi, pensa-t-elle farouchement. N'importe quelle femme aurait été fière d'avoir Matt Davis pour époux. Et ils s'entendaient merveilleusement au lit. Là-dessus, pas de doute. Mieux que tout, il lui donnerait la famille qu'elle désirait.

Un sourire naquit sur son visage, éclairant ses traits, tandis qu'elle s'avançait vers le futur père de ses enfants.

Matt restait près de la voiture, la regardant venir, trop fasciné pour bouger. Il avait l'impression que son cœur allait éclater dans sa poitrine. Cette femme rayonnait. Le reste du monde s'effaçait, en sa présence. Son sourire vous donnait des frissons tout le long du corps. Elle était originale et belle, elle possédait tout ce qu'il désirait chez une femme. Et elle était à lui. Du moins, elle le serait bientôt.

Le tailleur bleu roi qu'elle portait soulignait les courbes de son corps sexy, qui le troublait au-delà de toute mesure. La jupe courte éveillait des tentations folles. Ses longues jambes ravissantes, gainées de bas noirs satinés, faisaient surgir quantité d'images érotiques et torrides dans son esprit. Il la désirait tellement qu'il avait peine à se rappeler qu'ils n'étaient pas seuls, et qu'elle n'était pas encore sienne.

— Bonjour ! dit-elle, l'accueillant d'un sourire chaleureux. J'espère que tu es prêt à affronter une inquisition en règle.

Il sourit jusqu'aux oreilles.

— Je suis blindé.

Cela la fit rire. Elle avait un rire ravissant, un petit rire de gorge contagieux qui lui faisait battre le cœur. Il avait envie d'entendre ce rire-là tout le reste de sa vie.

Tirant un écrin en velours de sa poche, il chuchota :

— Ceci aidera peut-être à les convaincre.

Elle le regarda fixement tandis qu'il le lui tendait. Ses doigts tremblèrent quand elle l'ouvrit avec gaucherie. La bague ornée d'un diamant parut la fasciner. Elle ne poussa aucune exclamation. Elle demeura pétrifiée et le regard aigu de Matt enregistra sa pâleur livide, ses traits soudain figés.

Des signaux d'alarme tintèrent dans son esprit. Réalisait-elle soudain l'importance de leur décision ? Allait-elle reculer, face à ce symbole de l'engagement ? Tout son être lui cria de se cramponner à ce qu'il avait acquis. Il agit, tirant la bague de son écrin satiné, prenant la main gauche de Melissa dans la sienne.

— A ma future épouse, dit-il d'une voix rauque, résolu à sceller leur accord.

Le magnifique solitaire scintillait de tous ses feux. Melissa avait l'impression qu'une tenaille s'était refermée sur son cœur. Quelle ironie... C'était Giorgio qui aurait dû lui offrir un tel bijou. Elle en avait rêvé tant et tant de fois... Giorgio lui prenant la main, lui passant la bague au doigt...

C'était un crime de laisser ce soin à Matt Davis.

« Je ne peux pas continuer. Je ne peux pas... », songeat-elle farouchement.

La bague vint épouser son doigt.

Melissa prit une profonde inspiration et leva les yeux sur l'homme qui se tenait près d'elle, l'homme qui ne faisait pas de vaines promesses, l'homme qui réalisait son rêve, l'homme qui serait son roc dans les années à venir.

— Je serai ta femme, Matt, murmura-t-elle.

*
**

Melissa avait les larmes aux yeux. Une bague avait-elle donc tant d'importance ? s'étonna Matt. Il ne comprenait pas, mais il sentit que Melissa se donnait à lui. Il en oublia que sa famille les regardait. Il saisit ses mains fines, les posa sur ses propres épaules, l'enlaça par la taille, et obéit à son désir secret. Il l'embrassa.

Un élan de passion enivrant et mutuel balaya tout, et Matt y prit un plaisir jubilatoire. Il était amoureux de la façon dont ses lèvres répondaient aux siennes, amoureux du contact de son corps défaillant contre le sien, de la douceur de ses seins magnifiques, de ses cuisses... En un mot : amoureux de cette femme.

— Matt...

— Hmm ?

— Ma famille...

Matt tressaillit, et s'écarta pour la contempler. Ses joues étaient toutes roses. Elle était intensément vivante, passionnée... et si émouvante !

— Tu as du rouge sur la bouche, précisa-t-elle.

Il la relâcha, ôta sa pochette et la lui tendit.

— Je te laisse faire ma toilette.

Elle prit le tissu et effaça hâtivement la trace de leur baiser. Il s'en fichait. Il le sentait encore.

— Et moi ? Je suis barbouillée ? demanda-t-elle avec anxiété.

— Non. Tu es superbe.

Elle eut un petit rire embarrassé et remit la pochette en place.

— Ils ont hâte de te rencontrer.

— Et je suis prêt à les affronter.

Autre rire de gorge délicieux à entendre. Quelle femme !

Matt la prit par la main — la main gauche, qui portait sa bague — et ils avancèrent de concert vers leur avenir.

*

Megan les regarda venir, ignorant les murmures et commentaires de la famille. Elle observait avec acuité l'homme qui avait persuadé sa sœur de se livrer si hardiment à lui. Elle aurait aimé lui trouver des défauts. Elle aurait aimé prouver à Melissa qu'elle se fourvoyait en contractant un mariage sans amour. Au lieu de quoi, elle fut incroyablement bouleversée, déchirée par ce qu'elle voyait.

Cet homme adorait Melissa.

Et Melissa ne l'aimait pas. Ces deux certitudes étaient faites pour la hanter. Quel effet cela aurait-il sur Matt, à la longue, lorsque aucun amour ne répondrait à son amour, lorsque la coupe de l'espoir serait vide et que les désillusions s'imposeraient, que tous les sentiments dont il irradiait aujourd'hui auraient déserté son cœur?

Un effet désastreux, elle n'en doutait pas.

Pourtant, que pouvait-elle y faire?

Elle aimait sa sœur et désirait ce qu'il y avait de mieux pour elle.

Et ce mieux était peut-être Matt Davis.

Seulement voilà... était-ce loyal envers lui?

10.

Matt consulta sa montre. Une minute seulement s'était écoulée, depuis la dernière fois qu'il avait vérifié l'heure. Il avait l'impression qu'elle avait duré une éternité... Or, il lui fallait attendre encore quatre minutes.

Son garçon d'honneur se pencha vers lui et murmura, pince-sans-rire :

— Si tu espères qu'elle sera ponctuelle, n'y compte pas. Les mariées sont toujours en retard.

Matt décocha un sourire penaud à son ami. D'excellents souvenirs le liaient depuis longtemps à Tony Beaman. Pourtant, il ne pouvait se résoudre à lui faire part de ses incertitudes, de son angoisse.

Pendant la répétition, mardi soir, Melissa s'était montrée renfermée et silencieuse. Il ne l'avait pas revue depuis. Il lui avait téléphoné et elle lui avait paru en forme. Calme et mettant au point une foule de détails pour la noce. Il ne pensait pas qu'elle se déroberait à la dernière minute. Mais il avait... besoin qu'elle soit là, près de lui.

On le toucha à l'épaule. Il fit volte-face. Sa mère lui souriait, assise sur le banc derrière lui, resplendissante dans son tailleur pêche, ses cheveux joliment teints en un blond très doux.

— La décoration florale est très réussie, chuchotat-elle. L'église est ravissante.

Des fleurs? Matt ne les avait même pas remarquées. En revanche, l'intonation de sa mère le frappa. S'était-elle enfin résignée à l'inévitable?

— Tu es très jolie, maman. Je suis fier de toi, confia-t-il avec chaleur et sincérité.

Elle avait considérablement minci, au cours du mois écoulé et, avec sa nouvelle coiffure, elle paraissait dix ans de moins.

Elle rosit de plaisir.

— J'espère que tu seras heureux, Matt, dit-elle avec affection.

Il acquiesça, trop ému pour parler. Il aimait sa mère. Il désirait qu'elle se réjouisse pour lui. C'était sans doute la pensée de le voir appartenir à quelqu'un d'autre qui l'avait bouleversée de prime abord. Une fois le mariage accompli...

Un brouhaha s'éleva au-dehors.

— Ce sont sûrement les voitures, murmura Cynthia.

Matt regarda sa montre. 11 heures pile. Le soulagement l'envahit, se muant en jubilation. Tout allait bien. Melissa désirait ce mariage autant que lui. Elle était à l'heure.

Les invités qui avaient attendu sur le parvis l'arrivée de la mariée et de sa suite commencèrent à entrer dans l'église. A leur tête, le père O'Malley. Vieil ami de la famille Kelly, il avait présidé au mariage des parents de Melissa et aux baptêmes de tous leurs enfants. La jeune femme avait tenu à ce qu'il conduise la cérémonie, bien qu'il fût aujourd'hui dans une maison de retraite et, selon Matt, un tantinet sénile.

Il adressa au futur époux un sourire rayonnant empreint de bienveillance et le guida avec Tony vers l'autel, en vue de l'entrée de la mariée.

— Un grand jour, un grand jour... Faut tout faire bien comme il faut, se marmonnait-il à lui-même.

L'excitation des circonstances provoquait chez lui une forte nervosité.

Matt, lui, s'était détendu. Il se sentait très calme, regardant les invités prendre place dans les travées, adressant des signes de tête et des sourires aux amis, à sa secrétaire et d'autres collaborateurs hautement estimés. La mère de Melissa, accompagnée par son fils aîné, Paul, fut la dernière à prendre place. Un bourdonnement joyeux emplissait l'église, la marche nuptiale retentit.

Matt regarda les demoiselles d'honneur qui ouvraient le cortège — les filles de Paul, vêtues de crème et or comme de petites princesses. Puis il observa Megan, la dame d'honneur, une jolie blonde qui avait une façon bien à elle de s'imposer, tout en douceur.

Elle avait plaqué sur son visage un sourire aussi éclatant que l'or de sa robe. Pourtant, Matt le trouva contraint. Il avait senti chez Megan de la réserve, dès leur première rencontre, et cette réticence demeurait présente. Elle n'était pas plus favorable que Cynthia à ce mariage.

Mais quelle importance ?

Melissa était là.

Comme Megan s'écartait de la travée centrale, révélant Melissa et son père, Matt sentit sa gorge se serrer. Sa future femme... Ce fut un instant de ravissement total. Elle ressemblait à une souveraine médiévale : sa robe à col montant et à manches longues gainait de satin crème sa merveilleuse silhouette jusqu'à la taille, où une large ceinture brodée de perles et d'or retenait un jupon tombant en plis gracieux, puis s'évasant en longue traîne. Un bandeau de perles et d'or assorti ceignait son front, retenant le voile qui flottait autour de son visage, la nimbant de séduction et de mystère.

Il eut l'impression que son cœur allait éclater. Sa féminité vibrante parlait aux moindres fibres de son corps. Il aurait voulu déposer le monde à ses pieds. Il aurait voulu la protéger de tout mal. Tels les antiques chevaliers luttant pour leur dame. Elle était reine... *sa* reine.

Son père la libéra et elle s'avança vers lui, lui offrant

sa main. Ses doigts tremblaient. Matt fut soudain pénétré de la gravité de l'acte qu'ils étaient en train d'accomplir. Tout ce qui avait précédé prenait fin en cet instant avec les vœux qu'ils allaient échanger, et il eut une conscience aiguë des responsabilités qu'il endossait.

A travers le voile qui estompait la beauté radieuse de son visage, il lut dans son regard bleu un océan de vulnérabilité. Avec ferveur, il se promit d'être aux petits soins pour elle. Les lèvres de Melissa s'incurvèrent en un sourire frémissant. Il sentit qu'elle tentait de refouler sa peur, de s'engager courageusement. Il songeait tant à lui transmettre son réconfort et sa force qu'il écouta à peine les paroles de la cérémonie.

Le père O'Malley commença par une adresse générale au sujet du mariage, ânonna les passages de la Bible que Melissa avait choisis... puis on passa aux choses sérieuses : l'échange des vœux. Alors, Matt fut entièrement happé par l'instant, et répéta chaque phrase énoncée par l'officiant. Son cœur battait à grands coups sourds dans sa poitrine.

— Moi, Matthew Jeremy Davis, je me donne à toi, Melissa Marie Kelly...

A son ahurissement, l'air grave de Melissa commença à s'atténuer. Ce fut d'abord un léger sourire, puis un regard pétillant d'amusement, et enfin un petit rire si déplacé que Matt se sentit paniquer. Avait-elle une crise d'hystérie ? Allait-elle battre en retraite ?

Il tenait l'alliance dans sa main, prêt à la lui passer au doigt, mais elle retint son geste. Il y eut un léger flottement dans l'assemblée. Réaction nerveuse face au désastre imminent, pensa Matt. Pour sa part, cet incident le paralysait tout net.

Le prêtre semblait n'avoir rien remarqué. Melissa se pencha pour le saisir par un bras et l'interrompre...

Avant qu'ils soient déclarés mari et femme !

— Mon Père, je crois que vous feriez mieux de

recommencer, dit-elle avec douceur. Il y a confusion. Vous venez de faire promettre à Matt d'être ma femme.

— Oh! lâcha le père O'Malley. Bonté divine! Je vous demande pardon, Matthew. Mes yeux ont dû sauter quelques lignes. Ils ne voient plus aussi clair qu'autrefois. Je pensais que Melissa serait une merveilleuse épouse... Bonne lignée, les Kelly, vous savez...

Matt était si soulagé qu'il arbora un large sourire, prêt à se muer en cascade de rires, tandis que le ridicule de la scène s'imposait à lui.

— Ce n'est pas grave, mon Père, parvint-il à affirmer. Recommençons.

Melissa se mordit la lèvre pendant toute la redite. Elle gardait les paupières baissées et Matt sentit qu'elle était sur le point de s'esclaffer. Il avait lui-même le plus grand mal à garder son sérieux. Mais cette fois, la jeune femme tendit la main sans réticence pour recevoir l'alliance, et il la lui passa au doigt avec une intense satisfaction.

Puis ce fut au tour de Melissa. Elle prit une profonde inspiration, gardant les yeux rivés sur la bouche de Matt, énonça chaque phrase d'une voix tremblante qui semblait près de se briser. Elle leva les yeux vers lui d'un air de triomphe, comme elle prononçait les derniers mots : « ... ta femme devant Dieu et devant les hommes. »

Ils échangèrent un sourire, un grand sourire joyeux qui effaçait les doutes et les peurs. Le rire triomphe de tout, pensa Matt avec exultation tandis qu'on les proclamait mari et femme. Il eut le sentiment qu'ils étaient unis par une complicité plus forte que les mots, une intimité durable, invisible pour les autres.

— Vous pouvez embrasser la mariée.

Matt souleva le voile de Melissa. Il devait s'agir, en principe, d'un baiser plein de dignité. Mais un élan inconoclaste, espiègle, le souleva. Il renversa Melissa en arrière comme en un tango baroque, s'empara de sa bouche et, sans lui laisser le temps de reprendre son souffle, il la souleva dans ses bras comme un pirate emportant sa proie.

— Matt, repose-moi par terre.

— Je viens de te passer la bague au doigt, lui rappela-t-il dans un murmure. La sacristie n'est qu'à dix pas sur ma droite.

Elle parut médusée.

— Quoi?

Les fidèles applaudissaient.

— Nous pourrons revenir à nos invités beaucoup plus rapidement si tu ne portes pas de sous-vêtements.

Voyant son regard mutin, elle pouffa.

— Tu ne pourras... jamais... franchir la barrière de... ma ceinture de chasteté... Pas de clé... tant que tu n'auras pas signé... le certificat de mariage.

— Très bien.

Il la porta jusqu'à la table installée pour les dernières formalités et la déposa sur la chaise que Tony, souriant jusqu'aux oreilles, avait prestement tirée. Même Megan rayonnait. Matt était fou de joie.

La séance de photos, pourtant interminable, ne parvint pas à gâter sa bonne humeur. Puis ce fut la réception à l'endroit choisi par Melissa. Pour lui, les heures qui suivirent passèrent en un éclair.

Il y eut parfois des moments gênants, lorsque certains invités — les tantes de Melissa, surtout — déversèrent sur lui leurs bons sentiments. Les femmes avaient tendance à se montrer trop émotives. Mais il fut enchanté de voir que sa mère s'entendait bien avec le clan Kelly. Ces gens étaient sympathiques. Il avait hâte d'intégrer leur famille.

Paul avait quatre enfants, deux filles et deux garçons. John en avait trois, tous des garçons, et sa femme attendait le quatrième, espérant avoir une fille, cette fois. Megan n'en avait qu'un pour l'instant, mais elle était la plus jeune. Matt comprit que Melissa se fût sentie en retard sur les autres ; il comprit également le pourquoi du test de fertilité.

C'était une bonne chose qu'il l'eût passé haut la main. Pour Melissa, les tests s'étaient révélés tout aussi favorables. Une femme comme elle était faite pour être mère. L'an prochain à la même date...

Il avait très envie de savoir si Melissa était nue ou non sous sa robe.

Ce n'était ni le lieu ni le moment, s'admonesta-t-il. Une union clandestine dans un recoin ne pourrait le contenter. Même si cela avait quelque chose d'excitant. Dans le vestiaire, peut-être... Allons donc, il avait attendu jusqu'à maintenant et la nuit viendrait bien assez tôt. Leur première union devait avoir de la classe, que diable !

Sa mère l'intercepta tandis qu'il circulait parmi ses amis — Melissa ayant été entraînée par ses nièces qui réclamaient à cor et à cri une énième pose devant le photographe.

— Sais-tu que la mère de Melissa a pratiquement le même âge que moi ? lui demanda-t-elle avec étonnement.

— Tu parais plus jeune, déclara-t-il. Tu es superbe. Je parie que tous les messieurs ont flirté avec toi.

— Ne fais pas le vilain ! Je m'étonnais qu'elle ait déjà huit petits-enfants et un neuvième en train, c'est tout.

— Eh bien, je vais t'aider à la rattraper. Et de tout cœur, encore. Quatre petits-enfants au programme.

— Ce n'est quand même pas pour moi que tu as épousé Melissa, dis ?

— Oh non ! Rien que pour moi, maman. Regarde-la donc ! Elle est ma reine.

— Ton père m'appelait comme ça, confia Cynthia d'un ton mélancolique. J'espère qu'elle sera à la hauteur de tes espoirs, mon chéri.

— Aucune inquiétude à se faire là-dessus.

— Ils sont tous ravis que tu l'aies tirée d'une affreuse liaison avec un Italien, paraît-il.

Elle marqua un temps d'arrêt, hésitante, le scrutant anxieusement, avant de reprendre :

— Elle ne pense plus à lui, j'espère ?

— Pour elle, ce type est mort et enterré. L'avenir nous appartient.

En cet instant, Matt avait une foi absolue en tout ce qu'il affirmait.

On annonça la valse de la mariée et il s'avança pour enlever Melissa à sa famille. Elle rit, levant les yeux vers lui tandis qu'il l'entraînait sur la petite piste de danse, en tournoyant avec autant de panache que Fred Astaire. Il donnait dans les morceaux de bravoure, aujourd'hui. Cela illuminait les beaux yeux bleus de Melissa, et il adorait ça.

— Mesdames et messieurs, annonça le maître de cérémonie, voici M. et Mme Matt Davis.

L'éclat du regard de Melissa fut soudain terni par un afflux de larmes. Matt l'attira étroitement contre lui tout en valsant.

— Ça ne va pas ?

— Si...

Elle enfouit sa tête contre son épaule, dissimulant son visage.

— Je suis un peu émue... c'est tout.

Ah, les mariages, pensa Matt. Les femmes versaient toujours des larmes dans ces instants-là ! Pas de quoi s'inquiéter. L'épuisement nerveux, sans doute. Ce soir, il ne la bousculerait pas, il lui donnerait le sentiment que tout était bien. Il serait cent fois mieux que le *latin lover*.

Matt se rembrunit à cette ultime pensée. Il ne voulait pas de comparaisons. Il espérait que Melissa n'en ferait pas non plus. Leur relation était différente, plus profonde. Il fallait qu'elle le fût. Il allait être le père de ses enfants.

Les autres invités les rejoignirent sur la piste, sa mère dansant avec l'un des oncles de Melissa. On changea de partenaires et, à regret, Matt céda sa jeune épouse à son père. Il se retrouva uni à Megan.

— La réception est magnifique, complimenta-t-il avec sincérité.

— Vous êtes un chic type, Matt. Je suis heureuse qu'elle vous ait rencontré.

C'étaient des paroles généreuses. Pourtant, il y percevait une réserve, et ne put s'empêcher d'essayer de savoir de quoi il retournait. La regardant droit dans les yeux, il lâcha :

— Mais...?

Il lut de l'incertitude, puis une inquiétude profonde, dans son regard.

— Vous tiendrez bon, n'est-ce pas, Matt ? Quoi qu'il arrive ?

— Je ne fais jamais de promesses en l'air, Megan, assura-t-il, un peu contrarié.

— Je ne voulais pas dire ça, pardonnez-moi... Tout est allé si vite... Je vous souhaite tout le bonheur du monde, à tous les deux.

Que diable avait-elle voulu dire ?

Inutile d'insister. Elle s'était refermée. Matt s'efforça de deviner. Si Megan n'avait pas de doutes à son endroit, alors... que savait-elle sur Melissa, qu'il ignorait de son côté ?

Il fut bouleversé par l'interrogation qu'il venait lui-même de soulever. Ce sentiment-là était détestable ; il ne le supportait pas et voulait s'en débarrasser. Il eut une réaction instinctive. Tout en dansant, il guida Megan vers le couple que formaient Melissa et son père et, d'un mouvement naturel, il provoqua un échange de partenaires. Il s'empara de sa femme, la serrant contre lui avec ferveur. Elle était à lui. Il la voulait... tout entière. Dans un désir de possession si éperdu qu'il en était consumé.

Elle se pendit à son cou, les yeux brillants, interrogateurs, et rougissante sous son regard de braise.

— J'ai envie de toi à en mourir, confessa-t-il.

— Moi aussi, Matt.

Elle alimentait son désir, un sentiment d'urgence les gagnait.

— Le vestiaire nous attend. Si nous y allions tout de suite?

Le vestiaire? Où avait-il la tête? Il lutta avec le désir d'attendre, comme il l'avait résolu, le moment où le temps ne compterait pas, où ils auraient des heures et des heures tout à eux.

— Melissa...

— Je te veux maintenant, insista-t-elle, le regard brillant d'audace. Viens, suis-moi.

La suivre! Jusqu'au bout du monde, si elle voulait! Subjugué, il se laissa entraîner.

— Je vais me mettre en tenue de voyage, maman, glissa-t-elle au passage à ses parents, qui dansaient ensemble.

— Tu veux de l'aide?

— Mon mari le fera.

Mon mari. Un mot bien agréable, oui, drôlement agréable, pensa Matt.

Melissa avait la bague au doigt et elle désirait autant que lui qu'il la « culbute sur la moquette ». Au diable tout le reste!

En cet instant, Matt plaçait leurs chances d'avenir au plus haut.

11.

— Il vaut mieux fermer la porte, Matt.

La douceur provocante de sa voix, son regard brûlant lui intimèrent de faire ce qu'elle demandait. Pas de clé. Pas de trou de serrure non plus. Pendant quelques secondes frustrantes, son esprit n'eut prise que sur du vide. Puis il capta le réel. Bouton de blocage sur le côté de la porte. Il l'enclencha.

Melissa avait déjà ôté son voile pour le laisser tomber sur la chaise longue. Matt faillit avoir un haut-le-corps. Qu'est-ce que c'était que cette pièce de mobilier ridicule ? Il n'y avait que cela, dans ce vestiaire, et une paire de chaises anciennes de style rococo. Plus un portant, près de la fenêtre. Une psyché, et Melissa devant. Mais de lit, point ! Bon sang !

— Tu m'aides à me déshabiller ?

Melissa lui coula un regard provocant, par-dessus son épaule. Matt oublia aussitôt l'absence de lit. Sa femme lui tournait le dos, désignant d'une main les boutons de son col montant, ramenant de l'autre la traîne devant elle, pour lui faciliter la tâche. Il passa à l'action, dégrafant les boutons avec un plaisir érotique croissant, trouvant une fermeture à glissière et ouvrant son corsage, dénudant une chair laiteuse moulée dans une guêpière sexy en diable, en dentelle et rubans de satin.

Melissa délivra ses bras des longues manches ivoire,

tandis que Matt contemplait la pièce de lingerie sophisti-
quée, se demandant comment elle se dégrafait. Puis la
robe glissa à terre et il se retrouva devant une paire de
fesses nues. Des fesses fermes, charnues, aux superbes
rondeurs, rompues seulement par le porte-jarretelles en
dentelle qui retenait des bas de soie.

— Tu ne portes pas de culotte ! s'exclama-t-il malgré
lui, sous l'effet du choc.

— Déçu ?

— Bon sang, non !

Il leva les yeux, lui assurant du regard qu'il était
impressionné. Elle le regardait à travers le miroir, avec
une expression hardie, de défi. Il s'avisa brutalement
qu'elle avait évolué ainsi sous sa robe de mariée depuis
l'instant où elle avait descendu la nef de l'église pour le
rejoindre à l'autel, et même avant — prête pour lui, disposée à être sienne dès qu'il le voudrait, une fois le
mariage accompli...

Matt était trop stupéfait pour bouger. Son regard
demeurait rivé sur le reflet de Melissa dans le miroir, son
esprit était comme engourdi par cette exhibition séduc-
trice. Ses beaux seins opulents débordaient par-dessus le
balconnet de la guêpière, dont la dentelle transparente
révélait les cercles sombres de ses aréoles et leurs pointes
déjà raidies.

Les rubans qui rattachaient le corset soulignaient la
minceur de sa taille, ses hanches rondes. Les pattes en
dentelle du porte-jarretelles encadraient une toison trian-
gulaire qui semblait attendre la caresse de ses doigts.

— Je n'aurais pu rêver une femme plus désirable,
assura-t-il d'une voix basse et brouillée qu'il reconnut à
peine.

Ses instincts les plus primitifs étaient éveillés, ce qu'il
y avait d'animal en lui parlait plus fort que tout le reste.
Et pourtant, il désirait prolonger cet instant de dévoile-
ment, savourer la séduction érotique inouïe de sa femme,

le don audacieux et provocant qu'elle lui en faisait. Un vieux proverbe surgit dans son esprit... « Commence comme tu aimerais poursuivre. » Si c'était là un aperçu des intentions de Melissa, il avait contracté un mariage idéal !

— J'ai essayé de t'imaginer, Matt. Veux-tu te montrer à moi ? Tout entier ?

Son appel rauque le rendit fou. Il avait fantasmé sur elle pendant des semaines, jour et nuit, et la révélation de sa nudité l'avait secoué avec une violence explosive. Mais cela n'était rien, comparé à l'excitation de savoir qu'elle avait rêvé de lui. Il ôta son veston en hâte, s'étrangla à moitié dans sa précipitation à dénouer sa cravate. Les boutons de manchette de sa chemise sautèrent en un éclair. Chaussures, chaussettes...

Elle fit volte-face pour le regarder, ôtant ses talons hauts. Elle eut un regard de jubilation à la vue des muscles tendus de son torse et de ses bras. Alors qu'il se redressait pour ôter son pantalon, elle se concentra sur la fine toison qui courait vers son bas-ventre. Il avait une conscience aiguë de son état d'excitation intense. Enfin, il fut libre de toute entrave, envoyant rapidement valser son pantalon, et il se dressa devant elle, exhibant sans honte sa virilité, le cœur battant à grands coups sourds.

Elle le contempla, le souffle court et porta la main au bas de son propre corps, comme pour imaginer ce qu'elle éprouverait en le sentant là, et Matt ne put se contenir davantage. Dans un élan incontrôlé, il s'avança et elle s'unit à lui, sa main venant gainer son sexe érigé. Elle l'entraîna ensuite avec elle sur le sol, exigeant leur accouplement dans un déferlement de désir.

Impossible de ne pas la satisfaire. Impossible de ne pas plonger en elle. Sa chair soyeuse palpita autour de lui, sa chaleur l'enveloppa, ses cuisses se refermèrent sur ses hanches viriles, ses jambes se replièrent, tandis qu'elle livrait un cri rauque, un cri d'appel primitif. Il perdit la tête.

Ses seins s'étaient délivrés de leur fine prison de dentelle, tentateurs, appelant les caresses. Il obéit à l'invite. La bouche pulpeuse, entrouverte, de Melissa laissa échapper de petits gémissements de satisfaction, sensuels et excitants. Il lui donna un baiser sauvage. Tous les fantasmes qu'il avait nourris s'effacèrent, oblitérés par le besoin de la prendre, de plus en plus profondément, de plus en plus intimement.

L'âme et le corps qu'elle lui livrait ainsi le poussaient à se donner sans réserve. L'appel de l'accouplement faisait vibrer chaque parcelle de son être. Il y répondait aveuglément, avec un emportement hypnotique, aimant jusqu'à la passion la sauvagerie de leur union, jubilant de sentir les contractions de plaisir qui la traversaient. Elle tremblait, et le retenait pourtant contre elle, désireuse d'aller plus loin encore.

Il se livra complètement, démultipliant la violence de sa jouissance féminine et la sienne propre. Tout en lui appelait la délivrance ultime. Il ne pouvait plus se contenir. Comme si elle l'avait senti, elle se cambra, s'élevant vers lui, et il la rejoignit dans un ultime mouvement.

Le souffle de Melissa lui effleura la joue tandis qu'il s'abattait sur elle, et il sut que c'était un soupir de femme comblée. Il était dans un état second, incapable de penser. La serrant contre lui, il se délecta de sa douceur, de sa tiédeur. Il était en paix, heureux du mariage qu'ils venaient de consommer.

Melissa se sourit à elle-même tandis qu'elle redescendait peu à peu sur terre, profondément comblée par cette première union, rapide et sauvage, porteuse d'oubli. Tout irait bien, maintenant. Elle pouvait aller de l'avant... être l'épouse que désirait Matt. Elle n'avait pas à se sentir coupable de ne pas l'aimer. L'alchimie sexuelle pouvait combler bien des failles, et la leur tenait du prodige.

Son époux était incroyablement doué pour l'amour. Même Giorgio, pourtant si fier de sa virilité, n'était pas aussi... Cette comparaison insidieuse la fit frémir et elle la repoussa à l'arrière-fond de son esprit. Il ne fallait plus penser à Giorgio. Finies les larmes. Finies l'appréhension et l'inquiétude, les interrogations angoissées. Elle devait se concentrer sur son existence auprès de Matt, avec Matt. Et cela commençait maintenant.

Elle était peut-être en train de concevoir un enfant, déjà. Ne serait-ce pas merveilleux ? Un garçon, peut-être... S'il héritait du physique de son père, il serait parfait. Melissa doutait qu'il pût y avoir un corps masculin plus beau que celui de Matt.

Quelle force, quelle puissance il avait... Des contractions de plaisir naquirent en elle au souvenir de ce qu'elle venait d'éprouver. Physiquement, Matt la rendait folle. Il lui procurait des sensations explosives. Et c'était diablement agréable. Oui, ils pouvaient former un vrai couple.

Un élan sauvage de possession la submergea. Elle avait cru à la parole de cet homme et il s'était révélé à la hauteur de ses promesses. C'était un type bien. Dans tous les sens du terme. Elle aurait aimé éprouver des sentiments plus forts à son égard. Mais du moins, il lui appartenait totalement, et elle lui donnerait tout ce qu'elle était capable de donner. Entre eux, pas de tricherie. Elle lui revaudrait sa loyauté. Complètement.

Elle laissa courir ses doigts le long de son dos. Il redressa la tête, son regard gris clair reflétant une intense satisfaction. Souriante, elle éleva une main pour lui caresser la joue.

— Je ne suis pas déçue non plus, souffla-t-elle.

Il sourit, d'un grand sourire goulu.

— Ma chère épouse, tu es une tigresse. Permets-moi de t'inviter à me dévorer quand tu le voudras.

— Merci. J'adore la façon dont tu me combles.

Matt lâcha un rire, se redressant à demi.

— Je crois que nous devrions rejoindre nos invités. Mais ce soir, je te goberai toute crue, Melissa.

— Ah... Une passion dévorante, lâcha-t-elle avec des mouvements lascifs, provocateurs. Vivons-la vite.

Il la releva tout en la retenant contre lui, venant placer les mains sur les rondeurs de son derrière.

— Merci pour ce que tu viens de me donner, dit-il d'une voix bourrue.

— Le plaisir fut réciproque, répondit-elle en nouant ses mains autour de son cou.

Elle l'embrassa. Il l'embrassa. C'était comme boire du champagne après s'être régalé de fraises et de crème, et Melissa en savoura la griserie.

Il fallut ensuite revenir aux choses pragmatiques. Une chance qu'il y eût une salle de bains à côté, où ils purent faire leur toilette. Ils devaient se rhabiller pour affronter la suite des réjouissances, avant de faire leurs adieux.

Melissa se sentait pleine d'assurance, à présent. Elle répondrait avec bonheur aux vœux de ses parents, aux plaisanteries affectueuses de ses frères, et elle regarderait Megan droit dans les yeux. « Foin des doutes ! dirait ce regard. J'ai fait le bon choix. » Elle allait savourer sa lune de miel.

Ils mirent de l'ordre dans le vestiaire, puis se dévisagèrent, avec une délicieuse sensation de plaisir coupable.

— Prête ? demanda Matt dont le regard demeurait rivé sur le tailleur en maille qu'elle avait passé.

Elle lui rendit son regard sensuel, fière d'être l'épouse de cet homme. Il aurait tourné la tête de n'importe quelle femme.

— Par où vas-tu commencer ? demanda-t-elle.

— Commencer quoi ? s'enquit-il, le regard rivé sur ses seins.

— A me dévorer ?

Il rit, le regard pétillant de plaisir.

— Pourquoi veux-tu le savoir ?

— Pour alimenter mes fantasmes.

— Les orteils. Oui, c'est décidé, les orteils.

Elle sentit une onde de plaisir la traverser.

— Je suis prête, déclara-t-elle.

Matt la prit par la main et ils retournèrent ensemble dans le salon de réception.

Ils étaient mariés.

Prochaine étape : faire des enfants.

Et ce ne serait pas une corvée !

12.

Le dernier soir de leur lune de miel...

« Les deux plus belles semaines de ma vie », pensait Matt. Le nord du Queensland offrait une échappée idéale loin de l'hiver glacial de Sydney. Ils avaient été merveilleusement inspirés de choisir le complexe hôtelier de Port Douglas, puisque Melissa n'avait pas voulu quitter l'Australie. Golf, tennis, natation, explorations sous-marines dans la Grande Barrière de Corail, rafting à travers la forêt tropicale... Ils avaient profité de tout, vécu à fond chaque jour au soleil. Et les nuits... Ah, les nuits !

Il se cala dans son fauteuil, son verre de vin en main, et regarda Melissa achever sa dernière bouchée de truite. Ils étaient descendus en ville, au Portofino, un excellent restaurant italien plus décontracté et intime que l'hôtel. Leur table se trouvait dans un angle de la cour, à l'ombre d'un manguier. C'était une douce soirée embaumée, et sa compagne, dans une robe bain de soleil couleur mangue, était resplendissante à la lumière des bougies.

Quelle chance de l'avoir rencontrée — et épousée ! Elle était tout ce dont il avait rêvé chez une femme : drôle, joueuse, savourant les défis et l'excitation de toutes les activités qu'ils partageaient. La partenaire idéale... surtout au lit. Jamais il n'avait pris autant de plaisir à faire l'amour. Et si souvent. Il lui suffisait de la regarder ou de penser à elle pour être émoustillé. Elle avait l'art de le troubler, de l'encourager sans inhibitions. Ensemble, ils avaient du plaisir à revendre.

Sa peau dorée luisait comme du satin, il avait envie de l'effleurer avec ses doigts. Le haut de sa robe moulait sa silhouette, l'encolure dégagée révélait la naissance de sa poitrine, libre de soutien-gorge... Un souvenir l'excita. Elle l'avait attiré dans cette vallée douce, une fois, ramenant ses seins l'un contre l'autre pour lui dire en riant qu'il était emprisonné dans un glissement de terrain.

Il sirota son vin blanc, tâchant de se détendre. La nuit commençait à peine. Melissa avait envie d'un bon dessert, et il ne l'en priverait pas. Surtout pas ce soir. Elle eut un soupir de contentement.

— C'était bon? demanda-t-il.

— Délicieux. Et toi? Tes *fettucine*?

— Excellentes.

Il aperçut une femme qui proposait des roses, logées dans un panier, incitant les dîneurs à en offrir une à leurs compagnes. Ce geste romantique le séduisit, et il héla la vendeuse, sortant son portefeuille.

— Qu'est-ce que je vous dois?

— Trois dollars, monsieur, répondit-elle en souriant.

— Matt, non...

Melissa venait de se pencher avec vivacité, lui saisissant le bras, adressant un geste de refus à la vendeuse, brusque et net.

— Pourquoi pas? s'enquit-il.

— C'est du gâchis. Nous partons demain, elle se fânera.

— Ce n'est qu'une rose, voyons. Je tiens à te l'offrir.

— Non, c'est idiot.

— Pas si sûr, dit-il avec un sourire, remettant les trois dollars à la vendeuse au panier.

Il effleura le bras nu de Melissa avec la corolle.

— Cette rose me donne des tas d'idées...

Elle se contracta, comme si la caresse lui était insupportable. Il y avait de la haine dans son regard. Stupéfié par sa réaction, il se figea.

Elle se tassa sur sa chaise, repliant ses bras autour d'elle en guise de protection, fuyant son regard. Sa tension était presque palpable.

D'un geste très lent, il posa la fleur sur la table. Il avait l'impression qu'on venait de le poignarder en plein ventre. Ce soupçon de sensualité coquine aurait dû la faire sourire. Ils avaient souvent joué là-dessus, avec délectation. Il n'avait rien fait de mal...

— Melissa? dit-il doucement.

Elle se frotta les bras, comme si elle avait froid. Quel était le problème? Etait-il d'ordre physique, psychique, affectif? Il ne comprenait pas et elle ne livrait rien, obstinément fermée. La barrière qui s'était instaurée entre eux lui faisait horreur.

— Je te demande pardon, déclara-t-il à voix basse. Je ne voulais pas te blesser.

— Je t'avais dit que je n'en voulais pas, s'excusa-t-elle d'une petite voix crispée.

La serveuse se présenta pour emporter les plats. Matt sauta sur l'occasion, prenant la rose pour la lui tendre.

— Emportez cela aussi, enjoignit-il.

— Pour moi? fit-elle avec surprise.

— Oui.

Elle sourit.

— Merci.

Sa réponse toute naturelle fit paraître plus inexplicable encore l'attitude de Melissa. Sentant que l'orage couvait, la serveuse eut un bref regard interrogateur puis s'esquiva, les laissant seuls.

— Voilà, il n'y a plus rien, annonça Matt, tentant d'abattre le mur que Melissa avait édifié autour d'elle.

Elle lâcha un long soupir saccadé. Avec effort, elle leva les yeux vers lui — des yeux remplis de chagrin.

— Ne m'offre jamais de roses, Matt.

— Puis-je te demander pourquoi ?

Elle détourna de nouveau le regard.

— Elles... m'évoquent de mauvais souvenirs. Je ne veux plus y penser. Pas avec toi.

Le *latin lover* ! Surprises, endroits romantiques, cadeaux ravissants, avait-elle dit, en parlant de leur liaison... Il avait dû la couvrir de fleurs, bien entendu. Il s'en était peut-être même servi comme d'un accessoire dans leurs jeux amoureux... Et elle souffrait encore à cause de cet homme !

Matt eut l'impression que le poignard l'assaillait de nouveau. La lune de miel n'était donc qu'une comédie pour elle ? Pourquoi fallait-il qu'elle mêle cet homme à cela ?

De l'angoisse, il passa à la colère. Ne lui avait-il pas offert de repartir de zéro ? N'avaient-ils pas conclu un pacte là-dessus ? Parce que ce sale menteur lui avait offert des roses, il n'avait pas le droit d'en faire autant, même si cela procédait de sentiments sincères ? Elle ne savait donc pas faire la différence ? Il l'avait épousée, lui, bon sang ! Bafoué dans ses sentiments, il lâcha d'un ton mordant, en retenant à grand-peine une tirade jalouse :

— Je ne veux pas bannir les roses de *notre* vie, Melissa.

Cela appela l'attention de la jeune femme. Elle le contempla pendant un long moment, chargé de tension.

— Les roses rouges symbolisent l'amour, Matt, énonça-t-elle enfin.

Elevant légèrement ses paumes vers le ciel en guise de supplique, elle ajouta d'un ton désabusé :

— Et ce n'est pas ce qui nous lie, n'est-ce pas ?

Il la dévisagea à son tour, douloureusement amené à comprendre qu'il n'avait rien d'unique à ses yeux. Conscient de côtoyer un précipice, un grand gouffre noir et béant ouvert devant lui, il demanda à voix basse :

— Qu'est-ce qui nous lie, Melissa ?

Petit sourire ironique.

— Tu l'as dit toi-même : un mariage de convenance... afin de fonder une famille.

L'argument qu'il avait utilisé pour la conquérir... et qu'elle lui retournait maintenant. Elle effleura la bague qu'il lui avait donnée. Son visage était grave, triste. Matt en eut le cœur navré.

— Je suis désolée, dit-elle avec regret. J'ai gâché la soirée, n'est-ce pas ?

Il maudit la rose qui avait pulvérisé ses illusions. Ne valait-il pas mieux, pourtant, qu'il eût perdu ses œillères le plus tôt possible ? « Accepte ce que tu as et fais avec », s'ordonna-t-il en silence.

Malgré son désir de recouvrer ce qui était perdu, il parvint à hausser les épaules et à sourire.

— C'est ma faute.

Il ne put s'empêcher d'ajouter avec espoir :

— Tout ce que nous avons partagé jusqu'ici... n'avait rien d'une convenance à mes yeux.

Il haussa de nouveau les épaules, comme pour dire : « Oublions ça. »

Elle se détendit, manifestement prête à réparer les dommages causés par l'incident. Elle hasarda même un sourire taquin.

— Le désir mutuel peut mener loin, s'il est exacerbé.

Il saisit la balle au bond.

— En effet. Et c'est très agréable.

Cela lui valut un sourire. Dans un élan chaleureux, elle confia :

— C'était une merveilleuse lune de miel. On s'est si bien amusés !

— J'en ai savouré chaque seconde.

— Moi aussi. Surtout la descente en canoë. Même si j'ai eu une peur bleue.

— T'ai-je entraînée plus loin que tu ne voulais aller ?

Elle rit et hocha la tête.

Ils badinèrent, se remémorant leurs meilleurs moments, tentant de recapturer l'atmosphère de plaisir mutuel qui les avait entourés jusque-là.

Mais Matt avait beau s'efforcer, la faille ne se résorbait pas. Il sentait qu'elle n'était pas résorbée pour Melissa non plus. Ils la masquaient, mais elle demeurait intacte derrière leurs faits et gestes, zone d'ombre obstinément présente sous les paillettes.

Melissa se força à avaler le gâteau au fromage blanc qu'elle avait commandé, pour faire semblant jusqu'au bout. Mais le cœur n'y était pas.

Elle avait fait de la peine à Matt.

Elle l'avait blessé à cause de Giorgio, parce qu'elle avait cru à sa comédie et à ses roses... et c'était une ineptie insensée de sa part. Matt était pur de toute duplicité. Il s'était impliqué à fond dans leur mariage, lui donnant chair et substance. Et elle, elle l'avait repoussé parce qu'il avait voulu lui offrir un symbole de leur plaisir mutuel.

C'était mesquin, méchant. C'était mal... Même s'il lui était impossible d'accepter que Matt accorde un rôle à la rose dans leurs jeux sensuels. Impossible d'oublier que Giorgio avait fait de même. Or le souvenir de Giorgio devait être banni de leurs ébats au lit. Et de leur relation en général.

Pourtant, avec son refus, puis avec l'explication qu'elle s'était sentie tenue de lui donner, elle avait bel et bien ramené Giorgio là où il ne devait pas être.

L'incident était survenu sans crier gare, la prenant au dépourvu. Elle avait eu une réaction impulsive sans mesurer ce qu'elle représenterait pour Matt. Maintenant, le mal était fait. Elle le voyait bien dans son regard, en dépit du masque de gaieté qu'il avait plaqué sur son visage.

Il était blessé, par sa faute. Elle avait mis à mal leur relation. Cette relation qu'elle plaçait si haut, depuis deux semaines. Ce qu'ils partageaient était si bon !

La culpabilité et la honte lui nouaient l'estomac. Pendant deux ans, Giorgio l'avait abreuvée de simagrées. Plus jamais ça ! Ce qu'elle voulait, c'était ce que Matt apportait... la camaraderie, l'affection, le respect de ses besoins et désirs. Et elle voulait lui donner la même chose.

Elle reposa sa cuiller, sans toucher au gâteau.

— Ça ne te fait plus envie ? demanda Matt.

Elle le regarda bien en face.

— C'est de toi que j'ai envie.

L'attitude qu'il s'était efforcé d'adopter avec tant d'efforts se craquela, son désir se révéla sans fard et Melissa se sentit le cœur plus léger.

— Partons d'ici, Matt, retournons à l'hôtel.

— D'accord, acquiesça-t-il avec une ferveur révélatrice.

Melissa se jura de lui faire oublier tout ce qui n'était pas eux. C'était la dernière nuit de leur lune de miel. Elle leur appartenait.

13.

— Votre femme, Matt, annonça la secrétaire en lui tendant le récepteur.

Il y avait une grande heure qu'il guettait ce coup de fil, elle le savait. Il s'empara prestement du téléphone.

— Melissa?

— Matt, je suis enceinte!

— Le test sanguin est positif?

— Oui. Aucun doute.

— C'est formidable, Melissa! Merveilleux!

— Nous allons avoir un bébé, Matt.

Le bonheur qui dansait dans la voix de Melissa grisa Matt comme un cocktail au champagne.

— C'est une nouvelle épatante! La meilleure de toutes!

Il jubilait. Ils avaient réussi, du premier coup! Seulement cinq semaines s'étaient écoulées depuis leur mariage et Melissa était enceinte.

— Comment te sens-tu? s'enquit-il en souriant jusqu'aux oreilles.

— Surexcitée. J'ai hâte de le faire savoir à tout le monde.

— Où es-tu?

— Toujours chez le médecin.

Matt avait insisté pour l'accompagner mais elle avait tenu à ce qu'il se rende au travail. Il la soupçonnait d'avoir voulu se protéger contre la déception qu'il aurait pu ressentir, en cas de réponse négative. Depuis que les règles de Melissa avaient du retard, ils avaient vécu tous les deux dix jours d'espoir.

— Je rentre à la maison pour répandre la bonne nouvelle ! annonça-t-elle, triomphante. Je te laisse le soin de l'annoncer à Cynthia.

Il rit.

— Je rentrerai tôt. Il faut fêter ça. Nous irons au restaurant.

— Non. Dînons à la maison, plutôt. J'achèterai quelque chose de spécial et on se fera un repas à trois. Toi, moi et notre premier enfant.

— Une fête de famille, renchérit-il d'une voix émue. J'apporterai un champagne millésimé.

— Génial ! A ce soir.

Elle raccrocha avant qu'il ait pu la retenir. La rupture de la communication dissipa un peu sa griserie, mais elle reviendrait le soir venu. Quelle joie ! Un enfant apporterait à leur mariage une base solide pour aller de l'avant.

Leur union était déjà très satisfaisante, bien sûr. Quel homme aurait dédaigné un violent désir mutuel ? Et du désir, il y en avait eu à revendre, depuis l'incident de la rose. Pendant un bref instant lancinant, Matt se demanda si les élans sensuels de Melissa allaient s'amoindrir. Elle avait ce qu'elle désirait le plus, maintenant, non ? Et s'il n'était qu'un étalon, pour elle ?

Il chassa cette pensée. C'était stupide. Pourquoi gâcher la joie de cette journée ? D'ailleurs, leur relation était aussi idyllique au lit qu'en dehors...

Souriant, il composa le numéro de sa mère. Elle décrocha à la première sonnerie.

— Cynthia Davis, énonça-t-elle d'une voix essoufflée.

— C'est Matt.

— Salut, mon chéri ! Je partais justement pour le club de bridge. On ne pourrait pas bavarder ce soir, plutôt ?

Club de bridge, cinéma, cours de cuisine asiatique, séances hebdomadaires de taïchi... sa mère s'était lancée dans un tas d'activités. Matt était enchanté de ses efforts.

— Ce soir, je suis pris, répondit-il. Je voulais seulement t'annoncer que Melissa attend ton premier petit-enfant.

— Déjà ?

— Comme tu dis. « Félicitations », ironisa-t-il gentiment.

— Bien sûr. Félicitations, mon chéri. Félicitations à tous les deux ! Même si c'est un peu précipité. J'espère que... enfin, tu es assez grand pour savoir ce que tu fais.

Matt grimaça. Toujours ces satanés doutes au sujet de son mariage. Et sur sa paternité, par-dessus le marché !

— C'est ce que nous désirons, maman.

— C'est une merveilleuse nouvelle, mon chéri. Enfin grand-mère. Ce serait formidable, si c'était une fille, non ? Quelle excitation !

Il se mit à rire.

— Je ne peux pas te garantir que ce sera une fille.

— Non, pouffa Cynthia. Ne fais pas attention à ce que je raconte. Ça n'a aucune importance, du moment que le bébé est en bonne santé. De toute façon, je l'aimerai.

Elle était heureuse et fière. C'était bon à entendre, pensa Matt.

— As-tu déjà pensé aux prénoms ?

— Pas encore. Peut-être en discuterons-nous au dîner.

— Dis à Melissa que je lui téléphonerai demain, puisque vous êtes pris ce soir. Bien des choses à vous deux, mon chéri.

— Merci, maman. Et bonne partie de bridge !

— Seigneur, je n'arriverai jamais à me concentrer, après une pareille nouvelle !

Sur cette note requinquante, Matt mit fin à la conversation. Il gagna le bureau de sa secrétaire et posa un regard bienveillant sur Rita Sutcliffe.

Elle avait un peu plus de 50 ans. Précocement veuve, elle avait été tenue à l'écart du monde du travail pendant des années. Matt l'avait engagée parce qu'elle connaissait la sténographie, et qu'elle avait élevé cinq enfants, ce qui indiquait un beau sens de l'organisation. En outre, son solide bon sens l'avait aussitôt séduit.

L'idée de l'établissement de cure, c'était elle. Il en était sorti tant de bonnes choses, pour lui et pour sa mère, qu'il en serait éternellement reconnaissant à Rita. En dehors de ça, c'était une femme bien, qui prenait ses intérêts à cœur, sur le plan professionnel et personnel.

— Rita, une semaine dans l'établissement de cure, ça vous tente ?

— Pardon ?

— Choisissez. Ça, ou un stock de chocolats belges.

— Pardon ? redit-elle, incapable de comprendre cette munificence soudaine.

— Je ne peux pas offrir de cigares. J'ai arrêté de fumer, et puis ce n'est pas recommandé dans ces circonstances.

Là, elle comprit.

— Un bébé ! Mon Dieu ! Je suis si contente pour vous. Et pour Melissa.

Elle rit, avant de reprendre :

— Et pour moi aussi ! Je prends une option sur la semaine de cure. J'en ai bien besoin, après le tombereau de chocolats que j'ai eu à Noël.

— Parfait ! Notez ça sur votre calendrier, je me charge de la facture.

— Et les fleurs ?

— Vous voulez aussi des fleurs ?

Elle leva les yeux au ciel.

— Pour la future mère, voyons. Une douzaine de roses s'imposent, à mon avis. Je passe commande ?

Il se rembrunit. L'autre salopard, là-bas, à Rome, ne donnerait jamais d'enfants à Melissa. Quoi qu'il en soit, ce déplaisant personnage ne devait jouer aucun rôle, en ce si beau jour. Melissa avait mis un veto sur les roses, soit. Mais il pouvait tout de même lui envoyer d'autres fleurs. Elle était sa femme, non ?

— Trouve-t-on des fleurs bleues, en cette saison ? s'enquit-il.

— Des iris. Mais vous ne pouvez être certain d'avoir un garçon, Matt.

— Et qu'est-ce qu'il y a, comme fleurs roses ?

— Œillets, tulipes...

— Tulipes, décida-t-il. Des iris bleus et des tulipes roses. Une brassée de chaque, Rita. Et faites mettre sur la carte : « A notre fils ou fille ! »

— Signé... « Avec amour, Matt » ?

Il faillit acquiescer, puis comprit que Melissa pourrait trouver cela désinvolte — bien que ce ne fût pas le cas. Il réfléchit, attentif à ne commettre aucune fausse note.

— Non, énonça-t-il lentement. Mettez plutôt... « De la part de papa. »

Rita se mit à rire.

— Encore un papa gâteau-gâteux en vue.

Cela rétablit la bonne humeur de Matt. Melissa accepterait avec joie un cadeau pour leur enfant. Il était en terrain sûr, là. Aussi longtemps qu'il s'y tiendrait, il avait de grandes chances de l'emporter sur tous les plans.

— Quand comptes-tu arrêter de travailler ? s'enquit Megan.

— Je n'y ai pas réfléchi, répondit gaiement Melissa.

Elle avait obtenu son affectation sur les vols intérieurs depuis son retour de lune de miel. Il ne lui semblait pas correct de lâcher son employeur si vite après.

— Une hôtesse de l'air enceinte. Je n'ai jamais vu ça.

— Ce ne sera pas visible avant un bon moment, Megan. Et l'argent servira à acheter des cadeaux pour le bébé.

— Tu pourrais vendre ta fichue moto, observa Megan, critique.

Melissa se cabra.

— C'est pratique pour se faufiler dans la circulation.

— Tu as dit à Matt que tu ne tenais pas à te cramponner à ta carrière.

— Et je le pense. Mais le bébé n'est pas encore là, Megan.

— Tu ne prendras pas de riques inutiles, tout de même ?

— Je ne suis pas une petite chose fragile, voyons !

— Excuse-moi. C'est juste que... Je sais que c'est très important pour toi. Et pour Matt. Tu dois tenir compte de ses sentiments...

— Cesse de t'inquiéter. Matt est en pleine forme. Il est ravi, pour le bébé. Après tout, c'est pour ça qu'on s'est mariés.

Megan eut un soupir.

— Melissa... Est-ce que tu n'as pas encore compris...

Elle hésita, et, pendant ce temps, la sonnette d'entrée retentit. Ouf ! pensa Melissa. Excellente occasion de couper court aux sermons bien pensants.

— Je dois raccrocher, Megan. On sonne à la porte.

— Bon... passez une bonne soirée.

— Sois tranquille !

Rayonnante d'assurance, Melissa courut ouvrir. Devant elle se tenait un jeune livreur aux bras chargés de fleurs.

— Madame Matt Davis ? demanda-t-il.

— Oui, c'est moi.

— Voici pour vous.

Un sourire aimable plaqué sur son visage poupin, il lui remit une pleine brassée d'iris bleus et de tulipes roses.

— Félicitations, madame, ajouta-t-il.

— Merci, dit-elle dans un état second, surprise par cet envoi de fleurs.

Le souvenir de l'incident des roses demeurait vif, la mettant mal à l'aise. Mais la carte d'accompagnement lui remonta instantanément le moral. « De la part de papa », indiquait-elle.

« Tu dois tenir compte de ses sentiments... »

Le conseil de Megan retentit dans son esprit. Non qu'elle en eût besoin, puisque Matt éprouvait les mêmes sentiments qu'elle, justement. « A notre fils ou fille », avait-il écrit. Un sourire de bonheur lui monta aux lèvres. Ces fleurs étaient parfaites. Elle prit un grand plaisir à les disposer dans un vase, les déposant au centre de la table pour leur dîner du soir.

Ce fut le plus heureux de leurs moments ensemble. D'une certaine façon, à cause du bébé, il y avait encore plus de chaleur entre eux, une intimité plus étroite.

Après le repas, ils se lancèrent des prénoms à la tête, riant à propos de certains, envisageant sérieusement les autres. C'était amusant. C'était magique.

Matt suggéra qu'ils se mettent au plus vite en quête d'une maison qui leur plairait à tous les deux. L'appartement de Bondi n'était pas un endroit pour élever un enfant. Ils discutèrent des quartiers adaptés, tenant compte du lieu de travail de Matt pour que la durée de ses trajets demeure raisonnable. Quant à lui, il ne s'opposait nullement à ce qu'elle conserve son poste quelque temps, même si Melissa comptait se consacrer à leur futur foyer.

Merveilleux projets...

Et quand ils allèrent se coucher, Matt se montra si tendre, si aimant, caressant son ventre et ses seins... Les sensations qu'il éveillait étaient si exquises que Melissa le serra contre elle, s'imaginant qu'elle tenait leur enfant dans ses bras.

Elle oublia le conseil de Megan.

Elle ne pensa plus du tout aux sentiments de Matt.

Elle ne songeait qu'à son bébé.

14.

— Matt...

Dans son subconscient, il perçut la peur de Melissa, tandis qu'il luttait pour s'éveiller. La lumière était allumée, ce qui signifiait que le matin n'était pas encore venu. Il la regarda en cillant. Elle se tenait sur le seuil, le visage sillonné de larmes.

— Que se passe-t-il? demanda-t-il, alarmé.

— Je saigne.

Des saignements...

A six semaines!

Les heures qui suivirent ne furent qu'un brouillard, où la douleur dominait tout. Matt fit de son mieux pour demeurer calme et réconfortant, mais il nageait en plein cauchemar. Le trajet jusqu'à l'hôpital, les échanges avec le service des urgences — insister pour une intervention immédiate, signer frénétiquement des formulaires, souhaiter que tout s'arrange, craindre le pire —, puis, Melissa, inconsolable, à l'annonce qu'elle avait fait une fausse couche... Les événements se succédaient aux autres dans un brouillard de souffrance et de chagrin.

Jamais Matt ne s'était senti aussi inutile. Il ne pouvait rien faire pour lui venir en aide. Rien. Sans parler de sa déception personnelle et de son profond chagrin. Leur bébé était devenu très réel pour lui au cours du mois écoulé, avec tous les projets qu'ils avaient formulés à son sujet. Et soudain, de façon déchirante, voilà qu'il n'existait plus.

— La nature signifie ainsi que quelque chose n'allait pas, expliqua le médecin de Melissa, pour être bienveillant.

Mais cela ne fit qu'aggraver les choses. Melissa y vit une critique personnelle, comme si elle était au fond responsable de la fausse couche. Même si le médecin assurait qu'elle pourrait avoir un autre enfant une fois que le choc serait passé. Elle était trop désespérée pour entendre raison. Elle se replia sur elle-même, se fermant à Matt, ne voulant ou ne pouvant partager ce deuil avec lui.

Cela dura des jours. Elle ne retourna pas à son travail, insistant pourtant pour que Matt le fasse de son côté, afin de ne pas avoir à subir sa présence et non par souci pour ses affaires. Elle ne le dit pas, bien sûr, mais il le sentit. Elle ne communiquait pas grand-chose... ne manifestait aucun désir de caresses, d'échange... de partage. Elle était apathique, sans vie, comme morte à elle-même, enregistrant à peine la présence de Matt. Ou de qui que ce fût d'autre.

Megan tenta de lui parler. Pas de réponse. Sa mère vint la voir. Cela ne lui fit aucun bien. Elle était murée dans son chagrin et le mur était infranchissable.

Pour Matt, ce furent des moments bien noirs.

Sa mère sympathisa avec lui mais ne put lui offrir aucun conseil utile. Sa secrétaire fit observer qu'il y avait un taux élevé de fausses couches lors de la première grossesse, de nos jours, et mit cela sur le compte d'un déséquilibre hormonal persistant après des années de pilule. Matt n'osa répéter cela à Melissa. Elle rejetait déjà bien assez la faute sur elle-même et aucune étude médicale ne venait confirmer la théorie de Rita. Quoi qu'il en soit, pour lui, cette explication avait du sens et lui faisait espérer en l'avenir.

Trois semaines s'écoulèrent sans que la dépression de Melissa ne s'estompe. Elle refusa toute assistance médicale. La moindre tentative pour lui offrir compassion, tendresse ou compréhension ne suscitait que des regards fixes et vides. Au lit, elle se tenait rigide à son côté, projetant un message des plus clairs : « Laisse-moi tranquille. » Elle frissonnait littéralement à la moindre caresse, le plongeant dans un isolement glacé.

Un soir, par pur désespoir, Matt tenta de provoquer une dispute, n'importe quoi qui aurait éveillé en elle une étincelle de vie. Il leur avait confectionné un repas et l'avait persuadée de manger, mais la façon dont elle avalait machinalement sa nourriture lui donnait l'impression d'être encore plus rejeté.

— Ce n'est pas la fin du monde, Melissa, lança-t-il d'une voix acérée par la frustration.

Il aurait pu tout aussi bien ne rien dire, tant elle demeura passive. Pas un mouvement de tête dans sa direction. Pas un battement de cils. Sa main remuait machinalement sa fourchette, décrivant des cercles, et le mouvement ne s'interrompit pas. Elle l'avait effacé de son esprit.

Matt sentit sa propre souffrance grimper en flèche. Bientôt, il ne parvint plus à se dominer. Les battements de son cœur s'accélérèrent. Pour la contraindre de lui prêter quelque attention, il abattit son poing sur la table.

Elle tressaillit, levant les yeux vers lui.

— J'ai dit... ce n'est pas la fin du monde, répéta-t-il avec une sorte de sauvagerie.

L'air las, elle détourna la tête.

— Je te prenais pour une lutteuse, Melissa. Je croyais que si quelque chose venait te renverser, tu te relèverais et tu continuerais à vivre.

Pas de réponse.

— Ce renoncement... c'est défaitiste et destructeur. Est-ce que tu t'imagines que je n'ai pas de chagrin, moi aussi ? Qu'il n'y a que toi qui souffres ?

111

Pour lui, le silence qui s'ensuivit enfanta une tension intolérable. Leur relation était en jeu. Si elle ne pouvait lui manifester le moindre soupçon d'humanité, il était vain de continuer.

Elle rompit enfin ce mutisme infernal.

— Si tu veux divorcer, dis-le, énonça-t-elle d'une voix atone.

Ce fut le coup de grâce.

Pourtant, même alors, Matt lutta.

— J'ignorais que tu m'avais accordé une seule chance de faire un enfant avec toi. Si je me souviens bien, nous avons conclu un marché pour quatre.

Elle leva la tête, angoissée.

— Je ne peux pas revivre ça.

— Vivre, c'est prendre des risques. Si tu n'es pas prête à les affronter, tu pourrais tout aussi bien être morte.

Sa voix tremblait sous l'effet de son agitation intérieure. Il inspira un coup et revint à la charge :

— C'est ça que tu veux ? Ramper dans ton trou et y crever parce que tu as perdu le premier round ?

Elle se tourna vers lui, les yeux brillants de larmes, l'air blessé.

— J'ai pris le risque de t'épouser, d'essayer de réaliser un rêve. Et j'en suis punie.

— Punie !

Son incrédulité céda le pas à un sentiment de révolte scandalisée. La jalousie qu'il avait tenté d'étouffer revint déferler comme un torrent en crue.

— Pourquoi ? Parce que c'est moi que tu as épousé et pas le *latin lover* qui s'est fichu de toi ?

Elle accusa le coup et il en tira une satisfaction sauvage.

— J'imagine que si c'était son enfant à *lui* que tu avais perdu, tu aurais cherché du réconfort auprès de lui et que tu n'aurais ressenti aucun sentiment de punition. En fait, c'est moi que tu punis, parce que je ne suis pas l'homme que tu voulais vraiment.

— Pas ça! s'écria-t-elle d'une petite voix paniquée.

— Pas quoi? rétorqua-t-il de façon cinglante, écœuré de se sentir utilisé et rejeté.

Dire qu'elle lui offrait un divorce comme si leur mariage ne signifiait rien! Les frustrations qu'elle avait éveillées s'exprimèrent en une amère tirade:

— Qu'est-ce qu'il ne faut pas faire encore? T'envoyer des roses? Te cracher la vérité à la figure? Te toucher parce que ton corps n'est que le réceptacle de l'enfant que j'ai échoué à te donner?

— Assez! Arrête!

Elle se boucha les oreilles.

Elle n'aurait rien pu faire de plus provocateur. Une poussée d'adrénaline souleva Matt. Il bondit sur ses pieds, si vite que sa chaise se renversa au sol. Il souleva Melissa, la balança sur son épaule et l'emporta dans la chambre, ignorant ses mouvements frénétiques pour se libérer, dominé par le besoin de tirer quelque satisfaction de tout ce qu'il avait donné pour que ce mariage réussisse.

— Débats-toi tant que tu voudras, mais tu vas m'écouter!

Il la flanqua sur le lit, la cloua sous lui, lui relevant les bras au-dessus de la tête pour les emprisonner dans une poigne de fer.

— Tricheuse! lui jeta-t-il.

— Non..., gémit-elle.

— Si! Tu t'es engagée envers moi pour la vie et tu te débines en moins de trois mois! Tu veux ôter la bague que je t'ai passée au doigt et t'en aller!

Elle fit non de la tête, en signe de protestation.

— Je n'ai rien dit de tel!

— Ce n'est pas moi qui ai mis le divorce sur le tapis, Melissa.

— Je voulais seulement dire...

— Quoi?

113

— Je ne suis peut-être pas capable de porter un enfant jusqu'à son terme. Tu veux une famille...

Des larmes perlèrent au bord de ses paupières, comme elle ajoutait :

— C'est pour ça que tu m'as épousée.

— Je t'ai épousée pour *toi!* s'écria-t-il avec véhémence.

— Je t'en prie, ne me force pas, implora-t-elle en se contorsionnant pour se libérer. Ce serait du viol, Matt.

Du viol? L'aurait-elle frappé en pleine figure qu'elle ne l'aurait pas heurté davantage. Pourtant, il comprit aussitôt qu'il était excité, son corps ayant réagi à l'énergie explosive qui le traversait. Elle se débattait parce que son érection lui faisait peur, fuyant son supposé désir pour elle, le désir dont elle avait prétendu autrefois qu'il était mutuel.

Il s'écarta, roulant de l'autre côté du lit, anéanti, privé de toute volonté de combattre, horrifié par la réaction qu'il avait provoquée sans le vouloir. Elle se roula en boule, tremblante et secouée de sanglots.

Pendant un moment, il demeura hébété, l'esprit parcouru par la culpabilité, la honte, le regret. Il n'était pas violent de nature. Il avait seulement voulu qu'elle lui parle. La violence physique était un tabou pour lui. La voir le craindre et l'accuser... jamais il n'était tombé dans un puits aussi sombre et profond.

Peu à peu, il retrouva la faculté de raisonner, se disant qu'il avait été entraîné par un instinct de survie, plutôt naturel en ces circonstances. Il avait lutté... et perdu. Melissa ne voulait plus de lui. Pour rien.

Il était conscient que les battements de son cœur s'apaisaient. Mais la vie n'avait plus d'intérêt pour lui. Pourtant, elle continuerait. Pour chacun d'eux. Mais sur des chemins séparés. Tout contact était impossible, à présent.

Les sanglots de Melissa s'espacèrent, finirent par cesser. Elle demeurait immobile, loin de lui. Cette séparation lui faisait mal. Il se demanda s'il cesserait jamais d'avoir mal. Elle ne savait pas — ne saurait jamais — tout ce qu'elle avait représenté pour lui.

— Je ne t'aurais pas prise de force. Pas par colère, affirma-t-il, se rendant justice.

Pas de réponse. Il se contraignit à balancer ses jambes hors du lit pour se mettre debout.

— J'imagine que tu préfères être seule.

Pas de réponse à cela non plus.

En silence, Matt prit le sac de voyage qu'il gardait constamment garni pour les voyages d'affaires imprévus, jeta une ou deux chemises propres sur son bras. S'interdisant de lancer un dernier regard sur la femme qu'il avait épousée avec tant d'impétueuse foi en l'avenir, il quitta la chambre. Il ne pouvait supporter d'être près d'elle plus longtemps. Elle lui rappelait trop douloureusement son échec.

Dans le séjour, il prit ses clés et son portefeuille sur la table du téléphone. Sur le seuil, il s'avisa qu'il n'était sans doute pas bon de la laisser seule dans cet état de traumatisme. C'était du moins ce qu'il lui semblait, même si elle paraissait plutôt chercher refuge contre la réalité. Il ne voulut pas envisager qu'elle était peut-être suicidaire. Le problème, c'était lui — et lui seul. En faisant disparaître ce problème, il la libérerait de la pression qui pesait sur elle.

Pourtant... son inquiétude le ramena auprès du téléphone. Il appela Megan. Les deux sœurs étaient proches. Si quelqu'un pouvait faire quelque chose pour Melissa, c'était elle.

Megan décrocha.

— C'est Matt. Je te serais reconnaissant de téléphoner à Melissa dans une demi-heure environ. Pour voir si elle va bien.

— Pourquoi ? Tu es là, non ? demanda-t-elle vivement.

— Je m'apprête à partir, Megan. Elle ne veut pas que je reste avec elle.

— Matt, je t'en prie... tiens bon.

Son plaidoyer lui remémora les mots qu'elle avait prononcés quand ils avaient dansé ensemble, le jour de la noce... « Tu tiendras bon, quoi qu'il arrive ? »

Il secoua la tête, songeant à la confiance aveugle qu'il avait montrée jusque-là. Megan avait dû savoir sur quels sables mouvants il s'était embarqué... Elle l'avait deviné et s'en était inquiétée, espérant malgré tout que les choses s'arrangeraient. Mais la fausse couche avait eu lieu... et tout s'était effondré de façon irréparable.

— J'ai perdu espoir, Megan, confessa-t-il, conscient du vide douloureux qui se creusait en lui.

— Je suis navrée, Matt. Je suppose que les choses sont allées trop loin. J'ai essayé de la retenir, pourtant.

— Je sais. Merci. Si tu veux bien t'assurer qu'elle...

— Oui, je le ferai. Ne t'inquiète pas. Tu sais, Matt, je pense qu'elle n'aurait jamais pu trouver un type mieux que toi.

La bouche de Matt prit un pli ironique.

— Mais pas assez bien pour ce qui est vraiment important. Au revoir, Megan. Je resterai en contact.

Il quitta l'appartement et roula dans la nuit, sans savoir où aller. L'avenir n'était qu'un trou noir, un énorme vide... Sa femme, la famille qu'ils avaient compté fonder, leur maison... envolés. Il ne s'était jamais senti si seul et si perdu, pas même lorsque son père était mort.

Il pensa à l'enfant que la nature avait condamné à ne pas vivre. Son enfant et celui de Melissa. Conçu de façon aussi fourvoyée que leur mariage... et qui aurait pourtant été aimé — qui avait été aimé. Un rêve mort-né.

Mais ce n'était qu'une part du rêve, pour lui. Il avait adoré l'intimité étroite que cela avait bâtie entre Melissa et lui... les regards brillants de bonheur qu'elle lui jetait, l'affection impulsive qu'elle avait manifestée quand il avait formé des projets qui la contentaient, et même le plaisir qu'elle avait eu à recevoir ses fleurs.

Il en était venu à croire qu'elle le trouvait spécial, qu'il était pour elle un mari dans tous les sens du terme et qu'ils s'acheminaient vers la construction de ce que ses parents à lui avaient partagé : un profond et durable amour réciproque.

Il fut soudain envahi par la compréhension de ce que sa mère avait ressenti à la mort de son père, après de nombreuses années de vie commune : la perte, le chagrin, ce sentiment déchirant de désespoir. Il n'aurait pas dû reprocher à Cynthia son désintérêt pour l'existence. Il n'avait pas, alors, l'expérience nécessaire pour mesurer sa douleur. Il n'en avait qu'un avant-goût...

Des larmes lui montèrent aux yeux, lui brouillant la vue. Les hommes ne pleurent pas, pensa-t-il, cillant furieusement pour les refouler. Il gara sa voiture sur le bas-côté, luttant pour se ressaisir. Soudain, ça n'eut plus d'importance.

Il pleura.

Il avait mal.

15.

Melissa était à bout de nerfs. Le téléphone ne cessait de sonner, la harcelant sans répit, jusqu'à ce qu'elle décroche le récepteur sur la table de chevet.

— Melissa?

Elle prit une profonde inspiration. Il fallait qu'elle mette fin à ce harcèlement.

— Megan, je ne veux pas parler, affirma-t-elle. J'ai pris un comprimé pour dormir et j'aimerais me reposer. S'il te plaît...

— Rien qu'un comprimé?

— Oui! s'écria-t-elle, exaspérée. Bonne nuit.

Elle abattit le récepteur sur sa loge et se pelotonna dans le lit, tournant le dos au côté déserté, entêtée à chasser l'absence de Matt de son esprit. Elle voulait oublier, elle en avait besoin. Demain, elle réfléchirait à ce qui s'était passé. C'était trop dur, trop perturbant, trop horrible pour qu'elle affronte ça maintenant.

Tricheuse!

Elle ferma les yeux, serrant fort ses paupières, souhaitant anéantir le mot qui la hantait.

Tricheuse... tricheuse... tricheuse...

Non! elle n'était pas une tricheuse! Elle avait rendu à Matt ce qu'il donnait. Jusqu'à ce que...

Ne comprenait-il pas ce que ce bébé représentait pour elle? Ce qu'il y avait de dévastateur à voir son corps rejeter ce qu'on désirait plus que tout au monde? Cela n'avait rien à voir avec Giorgio! Rien!

Ses bras se replièrent sur son ventre. Cet endroit vide, au-dedans d'elle-même, faisait si mal. Elle n'aurait pas pu supporter de faire l'amour avec Matt. De le sentir en elle à l'endroit où elle avait perdu le bébé. Il était injuste d'attendre qu'elle le fasse... Oui, injuste. Le mariage ne signifiait pas qu'il pouvait la prendre sans son consentement, même s'il pouvait penser qu'elle avait marchandé leur union en ces termes. Pas de culbutes sans bague au doigt, l'avait-elle averti dès le départ.

Tricheuse...

Non...

Au moins, Matt l'avait libérée de sa présence, la laissant seule, face au vide qu'elle ne pouvait supporter ou combler.

Elle imprima à son corps un mouvement de balance, se raccrochant, dans son angoisse, à son désir du sommeil, même s'il la plongeait dans des rêves troublants, où tout ce qu'elle cherchait à atteindre s'éloignait pour se fondre dans le néant.

Puis il y eut une sonnerie, perçante, persistante, la contraignant à revenir à la conscience. La lumière du jour la heurta. Elle referma aussitôt les yeux. A quoi bon faire face à une nouvelle journée de souffrance?

Le bruit insistant, c'était la sonnette. Melissa s'extirpa du lit, glissa les bras dans sa robe de chambre et gagna le seuil à pas traînants, ramenant les pans du vêtement autour d'elle, nouant la ceinture, passant une main dans ses cheveux. Une chose était sûre. Ce n'était pas Matt. Il se serait servi de sa clé, sinon.

Elle ouvrit la porte d'une main tremblante. C'était Megan, qui s'engouffra dans l'appartement sans cérémonie.

— Tu comptes passer la journée au lit? demanda-t-elle, visiblement sur le sentier de la guerre.

Melissa soupira. Elle regrettait déjà que sa sœur soit venue.

— Quelle heure est-il?

— L'heure de reprendre tes esprits.

— Ne commence pas...

— Je ne vais pas me contenter de commencer. J'en ai ma claque de tes simagrées, Melissa. Tu as crucifié un type bien et tu mérites d'être clouée au pilori pour ça!

Elle lui décocha un regard lourd de mépris.

— Je vais te faire du café, annonça-t-elle. Et crois-moi, c'est bien parce que je suis ta sœur!

Elle s'engouffra en trombe dans la cuisine avant que Melissa ait eu le temps de se ressaisir. Crucifié? Ce mot évocateur lui donna le frisson. Très vite, elle se persuada que Megan exagérait, comme toujours quand elle était bouleversée. Matt avait dû la prévenir — même s'il n'avait sûrement pas révélé l'affreuse noirceur de leur scène de la veille.

Tricheuse...

Frissonnante, elle se hâta de rejoindre sa sœur, occupée à remplir de grains le réservoir de la machine à café.

— J'ignore ce que Matt t'a raconté...

— Il m'a appelée parce qu'il était inquiet pour toi, Melissa. Toi qui ne lui as pas manifesté la moindre compassion depuis ta fausse couche. Comme si ce n'était pas son bébé à lui aussi.

Ces propos déchaînèrent en elle un flot brûlant de culpabilité et de honte. Elle avait été si immergée dans son propre chagrin qu'elle n'avait pas vu celui de Matt. Il avait dû en éprouver, pourtant, lui qui désirait un enfant autant qu'elle! Il le lui avait d'ailleurs rappelé, hier soir. Elle aurait dû réagir. Mais elle en avait été incapable.

Megan mit en place le réservoir à grains d'un geste coléreux.

— Je n'aurais jamais cru devoir dire ça à ma propre sœur...

Elle se tourna, vrillant son regard sur elle.

— ... Mais tu n'es qu'une garce égoïste et aveugle, Melissa.

Elle ouvrit la bouche pour protester, mais Megan était sur sa lancée.

— Accepter l'amour de Matt et le traiter comme tu l'as fait... comme s'il n'était rien ! Tu lui as tourné le dos. Tu t'es moquée de...

— Minute ! répliqua Melissa, piquée, poussée à se défendre. Matt n'a jamais dit qu'il m'aimait.

— Non, je m'en doute bien ! C'est le genre d'homme qui n'aurait jamais fait peser un tel poids sur toi, puisque tu lui avais dit que tu ne l'aimais pas. Et tu le lui as bien fait sentir, hein, ces dernières semaines ? Tu as si bien enfoncé le clou qu'il ne lui reste plus aucun espoir.

Melissa s'était empourprée, ses joues brûlaient, mais elle se cramponna, se défendant d'un air sombre.

— L'amour n'entrait pour rien dans notre mariage, insista-t-elle avec véhémence. Dès le début...

— Matt était amoureux fou de toi, Melissa, coupa Megan avec un dédain empreint de compassion. Toute la famille s'en est rendu compte au baptême de Patrick. Demande-leur. Tu étais la seule à être aveugle. La seule !

— Tu te trompes ! s'écria-t-elle, résistant à cet assaut. Il avait de l'attirance physique pour moi, d'accord. Et il voulait des enfants...

— Avec toi. Et personne d'autre, insista Megan, impitoyable.

— Non. Il en voulait parce qu'il était prêt à être père.

— Il t'aimait, asséna Megan, imperméable à ses dénégations. Il t'adorait. Il ne pensait qu'à toi, cherchant à te faire plaisir, à prévenir tes désirs, à te rendre heureuse.

Elle marqua un temps d'arrêt, et secoua la tête avec lassitude, comme si elle ne pouvait croire à tant d'aveuglement.

— Additionne donc deux et deux, Melissa, reprit-elle. Ce n'est pas du désir. C'est de l'amour avec un grand A.

« Elle se trompe », raisonna farouchement Melissa. Matt était d'une nature généreuse, voilà tout! La preuve? Il couvrait sa mère d'attentions, exactement comme il le faisait avec elle, son épouse. Elle eut un coup au cœur... Matt *aimait* sa mère.

— Il pensait sûrement que s'il réalisait tes rêves, tu finirais par l'aimer, continua Megan. Mais lorsque le rêve d'enfant s'est écroulé, tu lui as montré qu'il ne valait rien à tes yeux, n'est-ce pas?

Melissa porta les mains à ses tempes bourdonnantes. Elle n'avait pas voulu faire de mal à Matt. C'était juste que... elle n'avait pas eu la force...

— Sans parler de tout ce qu'il a fait pour t'aider, poursuivait la voix de Megan, venant la heurter avec une violence écœurante. Pour partager, pour aller de l'avant, pour construire une véritable intimité avec toi. Non seulement il a perdu son enfant, mais tu lui as aussi repris ce que tu avais promis de lui donner.

Tricheuse...

— Matt t'a inondée d'amour, Melissa. Il tentait désespérément de te ramener à lui, au lieu de te laisser murée dans ton monde. C'était criant d'évidence pour maman comme pour moi. J'ignore ce qui s'est passé entre vous, mais je le devine. Tu as dû lacérer en pièces l'ultime espoir qu'il conservait de toucher enfin ton cœur. Et même alors, il s'est soucié de toi. Il m'a appelée pour que je veille sur toi!

Melissa pâlit. Elle n'avait pas perçu le désespoir de Matt. Cela lui était passé par-dessus la tête. Pourtant, ces mots qu'il lui avait lancés avec tant de colère, sa virulence de la veille...

— Tu prétends toujours qu'il ne t'aimait pas? railla Megan avec une sorte de sauvagerie.

— Je... Il n'a jamais dit...

Melissa ne parvenait plus à penser de façon cohérente. Elle éleva les mains avec agitation, comme pour repousser d'autres accusations. Les souvenirs affluaient dans sa tête, lancinants. Si, Matt avait parlé, mais elle ne l'avait pas compris.

Le dernier soir de leur lune de miel, par exemple : « Je ne veux pas bannir les roses de notre vie », avait-il lancé d'un ton amer, avant d'ajouter : « Ce que nous avons vécu n'avait rien d'une convenance pour moi. » Et la nuit dernière, encore : « Je t'ai épousée pour toi », avait-il affirmé farouchement. Mais rien n'y avait fait : elle n'avait pas voulu accepter la signification véritable de ces paroles, se contentant d'y lire de l'orgueil — pas de l'amour.

La machine à café se manifesta.

— Tu ferais mieux d'aller t'asseoir avant d'avoir un malaise, conseilla froidement Megan. Je vais t'apporter ton café.

Elle se sentait faible, en effet. Elle se traîna dans le séjour. Les reliefs figés du repas que Matt avait cuisiné étaient toujours sur la table. Elle se cramponna au dossier d'une chaise, contemplant ce gâchis, symbole du gâchis plus effroyable encore de son mariage.

« Si tu veux divorcer, dis-le. »

Elle avait lâché ça avec tant de désinvolture ! Alors que lui...

Un frisson la secoua. Elle comprit soudain, douloureusement, la véracité des paroles de Megan. En ce qui concernait Matt, elle avait été aveugle, égoïste. Il lui avait livré un tas de signes qu'elle avait obstinément refusé de décrypter.

— Ah, bravo ! s'exclama Megan en voyant la table.

Elle déposa bruyamment les tasses à café sur le plateau de chêne, et fit disparaître les plats sales.

— Tu peux t'asseoir, lança-t-elle à Melissa tout en repartant dans la cuisine.

Melissa s'assit. Il ne lui restait plus aucune force de rébellion.

Megan revint et s'attabla, toujours aussi impitoyable.

— J'ai épuisé mon stock de sympathie envers toi, Melissa. Tu n'es pas la seule qui ait subi une fausse couche. Tu as eu de la chance que cela se produise à six semaines.

Melissa frémit. De la chance !

— Certaines femmes portent leur enfant beaucoup plus longtemps, avant de le perdre. Parfois même plus de six mois...

— Assez ! Tais-toi..., supplia-t-elle.

— Je comprends ta déception, mais au moins, ça n'a pas traîné en longueur, avança Megan d'un ton radouci. Et le médecin assure qu'il n'y a aucune raison de ne pas réessayer.

Melissa se fit sourde à l'argument. En elle, tout refusait une nouvelle tentative. Cela lui semblait mal. Même si Matt avait pu lui pardonner les souffrances qu'elle lui avait infligées... Non, elle ne pouvait renouer avec lui.

Megan continua de parler.

Melissa demeura silencieuse et peinée, attendant qu'elle finisse par épuiser les flèches qu'elle était venue planter dans sa conscience. Et elle faisait du beau travail, songea Melissa avec une ironie triste et amère. Plus rien n'avait de sens. Ce n'était plus un mariage de convenance, si Matt l'aimait...

— Tu as éloigné Matt de toi, conclut Megan. Si tu veux le récupérer — et tu serais folle de ne pas le vouloir — il faut que tu lui donnes une raison de...

— Non, coupa-t-elle, croisant le regard de sa sœur avec résolution.

Megan se pencha en avant, avec ferveur.

— Jamais tu ne trouveras un homme meilleur que lui, Melissa.

— Et alors ? répliqua-t-elle d'une voix lugubre. Je continuerais à le faire souffrir. Et je ne veux pas de ça.

— Si seulement tu...

— Non. Rentre chez toi, Megan. Tu as fait ce que tu étais venue faire.

— Melissa, si tu le laisses partir...

— Telle que je suis en ce moment, il est mieux sans moi.

Elle ne pouvait même pas le contenter au lit. Le désir qu'ils avaient partagé s'était évanoui. Tout cela était si vain !

— Je ne saurai pas mentir à Matt. De toute façon, il s'en apercevrait, affirma-t-elle en se levant. Je t'en prie... j'aimerais que tu t'en ailles.

Megan s'était rembrunie. Elle s'écria avec frustration :

— Tu veux dire... que tout ce que je t'ai dit ne change rien ?

— Tu m'as dessillé les yeux. Et j'aimerais pouvoir suivre tes conseils. Mais c'est impossible.

Elle s'écarta, gagnant le vestibule, ne laissant à Megan d'autre choix que de la suivre. Elle ouvrit la porte. Megan marqua une halte, sourcils toujours froncés.

— Que vas-tu faire ? s'enquit-elle avec inquiétude.

— Me doucher, m'habiller, manger un peu, aller faire un tour en moto.

Le froncement de sourcils s'accentua.

— Où ça ?

— Je n'en sais rien. Ça n'a pas d'importance. Je me trouverai peut-être en chemin, hasarda-t-elle en esquissant un sourire.

— Je m'inquiète pour toi.

— Ne t'en fais pas, Megan. Merci d'être venue. Merci d'avoir parlé. Ça m'a aidée à comprendre mes erreurs.

Megan blêmit. Exhalant un long soupir saccadé, elle tenta de se raccrocher à quelque vague résolution.

— Téléphone-moi pour me dire si tout va bien.

— Promis.

C'était peu, mais Megan s'en contenta et partit, semblant accepter l'idée qu'il n'y avait plus rien à tenter, même avec la meilleure volonté du monde.

Melissa ferma la porte et s'adossa au battant, complètement vidée. La veille, Matt avait refermé cette porte sur lui. Elle l'avait poussé à partir. Si vaine que lui parût aujourd'hui son existence, elle s'interdisait d'aller le retrouver. Elle ne pouvait pas se servir de lui comme elle l'avait déjà fait, lui mentir et le faire souffrir davantage encore.

Etre floué dans son amour, elle savait ce que c'était.

Elle ne ferait pas vivre ça à Matt.

16.

Matt acheva son petit déjeuner et débarrassa, impatient de quitter son appartement pour se rendre au travail. Il y éprouvait une sensation de vide constant, depuis que Melissa ne l'occupait plus. Dépouillé de ses petites possessions féminines, de son parfum, de sa présence, il lui rappelait douloureusement ce qu'il avait perdu.

Elle était partie depuis un mois, prenant scrupuleusement soin de ne rien laisser derrière elle. S'il comptait pour « rien » le court laps de temps où ils avaient vécu ensemble. Ces lieux en portaient l'empreinte, pour le meilleur et pour le pire...

Sans doute aurait-il dû déménager. Mais il ne pouvait se résoudre au départ. Au départ de Melissa, corrigea-t-il. Ce qui était stupide, vu le caractère définitif du billet qu'elle lui avait laissé :

« Je ne suis pas la femme qu'il te faut, Matt. Je regrette. Je regrette infiniment... »

Des regrets... A quoi bon ? Ils dénotaient une certaine affection, supposait-il. Bien qu'elle n'eût guère prouvé qu'elle se souciât de lui. Quand les gens ne savaient que dire, ils affichaient des « regrets », pour masquer en douceur le fait qu'ils vous faisaient défaut.

Il secoua la tête, chassa ces ruminations vaines. Cinq minutes plus tard, il était en voiture, affrontant les embouteillages matinaux. Le trafic était de plus en plus encombré, à l'approche de Noël. Les acheteurs s'y prenaient tôt...

Matt dompta son impatience. Une fois qu'il eut franchi South Dowling Street, la circulation se fluidifia en direction de l'aéroport et de Rockdale, où il se rendait. A un feu rouge, il vit s'élever un jet qui décollait et se demanda si Melissa était à bord. Megan lui avait dit qu'elle avait repris son travail, la dernière fois qu'il lui avait téléphoné pour avoir des nouvelles.

Cela signifiait qu'elle était sortie de sa dépression, et il en était heureux pour elle. Cependant, cette sortie de crise n'avait visiblement rien changé à la façon dont elle voyait leur mariage. Ou dont elle le voyait lui-même. Quand elle rentrerait en contact avec lui, ce serait sans doute pour lui demander le divorce.

Il démarra, le feu passant au vert. Son téléphone de voiture sonna. C'était sa mère.

— Je me demandais que faire pour Noël, Matt.

Indifférent, il répondit :

— Ce que tu voudras, maman.

— Je... Ça me fait horreur de te demander ça, mais... y a-t-il une chance pour que tu te réconcilies avec Melissa ?

Matt ne put retenir une grimace. Il n'avait pas abordé le sujet avec Cynthia, n'ayant que trop à la mémoire ses réticences à propos du mariage.

— C'est peu probable, répondit-il laconiquement.

Elle parut hésiter, sans doute consciente de s'aventurer en terrain mouvant.

— Alors... Nous n'irons pas passer Noël chez les Kelly ? C'est juste que... ils m'avaient invitée... au mariage.

— Je crois que tu ferais mieux d'oublier ça, maman. Fais tes propres projets.

— Très bien, mon chéri. Je suis désolée...

— Il n'y a pas de quoi l'être, répliqua-t-il un peu sèchement. Je t'appellerai dans la semaine, d'accord ? Tu me diras ce que tu veux pour Noël, comme d'habitude.

— Oui, ce serait chic, Matt.

Elle raccrocha et il poussa un soupir de soulagement. Il ne voulait pas parler de Melissa. Il préférait s'abrutir de travail que d'évoquer son souvenir. Et le travail, ce n'était pas ce qui manquait, en cette période de l'année ! Tant mieux, d'ailleurs. Les dossiers à boucler lui permettaient d'oublier l'appartement vide. Et le lit désert.

— Les hôtesses sont priées de regagner leurs places et d'attacher leurs ceintures.

Melissa fut heureuse de s'exécuter. Le vol matinal Cairns-Sydney durait trois heures et représentait beaucoup de travail : 300 petits déjeuners à servir — et trois cents plateaux à débarrasser ensuite. Elle était soulagée de rentrer chez elle pour deux jours de congé. Ces trajets jusqu'au lointain Queensland du Nord étaient perturbants.

L'obligation de passer la nuit à Cairns, si proche de Port Douglas, où elle et Matt avaient passé leur lune de miel, éveillait des souvenirs trop heureux... Ils avaient partagé de si bons moments ! Même la période de dépression dans laquelle elle avait sombré après sa fausse couche ne parvenait pas à ternir le merveilleux rappel de ce qu'ils avaient vécu ensemble. Des hommes qu'elle avait accueillis dans sa vie, Matt était le meilleur compagnon. En tous points.

Cette camaraderie lui manquait, aujourd'hui. Elle lui manquait terriblement. Même sur le plan intime, sensuel. Désir aigu ou amour... comment faire la différence ? Ils avaient connu un plaisir si intense. Elle n'aurait pas cru, un mois plus tôt, que cela lui manquerait. Mais elle s'agitait dans son lit, à présent, tourmentée par la solitude et le rappel brûlant de leurs ébats passionnés.

Un lourd soupir lui échappa. Ils devaient être en train de survoler Rockdale, s'apprêtant à l'atterrissage. Matt était sans doute en route pour le travail, ou déjà sur place. Noël était une période lucrative, dans son secteur d'activité.

Noël... le jour de la famille, des enfants. Elle refoula cette pensée. Matt aussi détesterait Noël, cette année.

Elle lui avait fait beaucoup de mal. Un mal impossible à réparer.

L'avion se posa et ralentit peu à peu sur le tarmac. La jeune femme se reconcentra aussitôt sur son travail. Une fois que les passagers auraient débarqué, il y aurait l'enregistrement, mais ce ne serait pas long. Ensuite, elle serait libre pour la journée. Peut-être téléphonerait-elle à Megan, pour savoir si elles pouvaient se voir.

Elle se trouvait dans le salon de l'équipage, prête à quitter l'aéroport, quand l'un des pilotes lâcha avec désinvolture :

— Au fait, Melissa, il y a un type qui est venu te demander.

— Qui ça ?

Le pilote haussa les épaules, puis eut un sourire taquin.

— Grand, brun et beau.

Matt ? Elle sentit son cœur faire de grands bonds dans sa poitrine.

— Il est encore là ?

— Aucune idée. Je lui ai indiqué par quelle porte tu sortirais.

— Merci.

L'esprit de la jeune femme était en ébullition, partagé entre l'alarme et l'excitation. Pourquoi Matt serait-il venu la voir ici ? Que pouvait-il lui vouloir ? Il avait peut-être l'intention de la soulever dans ses bras et de l'emporter. Matt était bien capable d'un acte impulsif de ce genre... Et si c'était ça, le laisserait-elle faire ? Elle en avait envie... Bien ou mal, peu importait. Elle avait désespérément envie d'être de nouveau auprès de lui.

Agitée, un peu grise, presque effrayée de le voir, elle se

130

rua vers la sortie. Pleine d'espoir, elle balaya les alentours du regard. Et son cœur affolé faillit cesser de battre.

Ce n'était pas Matt qui l'attendait. C'était Giorgio... Giorgio Tonnelli, toujours aussi élégant dans un costume sorti de chez Armani, affichant toujours l'assurance d'un homme dont la beauté saisissante faisait naître des regards admiratifs.

Bizarrement, passé le choc de le voir ici, en Australie, Melissa se sentit totalement coupée de lui.

Bien que son regard de braise la dévorât, elle ne se troubla pas. Son cœur ne battit pas plus vite. Elle se demanda même comment elle avait pu lui consacrer deux années entières de sa vie. Le seul sentiment qu'elle éprouvait, c'était une déception affreuse : il n'était pas Matt !

Giorgio leva les bras, l'air de dire : « Je suis là pour toi. » Elle éprouva aussitôt un sentiment de dégoût. Et non l'envie de courir se jeter dans ses bras. Il lui semblait même grotesque qu'il eût ce geste d'invite, qu'il s'attende à être accueilli.

L'effet qu'il avait eu sur elle... disparu, fini. Bien fini. Il n'en restait rien. Comme elle ne bougeait pas, ce fut lui qui se rapprocha, sourire aux lèvres, murmurant de façon intime :

— Carissima... Tu m'as tellement manqué.

Cette voix veloutée la fit frémir. Une voix doucereuse de menteur. Tout le contraire de Matt, toujours si franc, si direct, si honnête. Disant ce qu'il pensait, et agissant en conséquence. La voix de Matt, elle, inspirait confiance.

— Que fais-tu ici ? demanda-t-elle.

Elle lui en voulait d'être venu lui rappeler l'imposture qu'il lui avait imposée pendant deux ans. De lui remémorer la folie insensée qu'elle avait commise en laissant cet homme — ce truqueur — s'interposer entre elle et Matt.

— J'ai fait tout le chemin depuis Milan pour te revoir. Tu étais la lumière de ma vie, bella mia. Ces derniers mois...

— Aucun rendez-vous d'affaires en vue ? coupa-t-elle.

Elle le voyait à présent tel que Matt l'aurait vu : un *latin lover* déversant des paroles d'un romantisme sirupeux, dénuées de substance véritable.

— J'ai un peu manipulé mes clients pour qu'ils me retrouvent ici, concéda-t-il avec un haussement d'épaules.

Manipulation, mensonges. Il était expert à ce jeu-là. De toute évidence, il désirait s'offrir une partie de jambes en l'air avec elle pendant son bref séjour. Voilà ce qu'elle avait été pour lui : un à-côté facile... Ce qu'elle n'avait jamais été pour Matt. Comment avait-elle pu croire en Giorgio ? Sous sa beauté et son charme de surface, il était vide.

— Eh bien, je me réjouis que tu ne te sois pas déplacé pour rien, fit-elle sèchement. Comme je te l'ai déjà dit, nous deux, c'est terminé. Si tu veux bien m'excuser...

— Non...

Froissé et irrité par son rejet, il la saisit par les mains, cherchant à la soumettre. Il sentit sous ses doigts la bague qu'elle portait. Il baissa les yeux et regarda.

— Qu'est-ce que c'est que ça ?

Elle exhiba le beau diamant offert par Matt. Elle aurait dû l'ôter, le rendre. Mais ce geste lui avait paru... dénué de cœur. Rajouter une blessure de plus à toutes celles qu'elle avait déjà infligées à Matt... Le moment venu, elle le lui restituerait.

— Je suis mariée, annonça-t-elle avec fierté.

Le regard de Giorgio s'alluma, intense, chargé d'émotivité.

— Ce n'est pas possible. C'est moi que tu aimes. Tu n'as pas pu oublier. Moi, je n'ai rien oublié.

Insensible à sa persuasion enveloppante, elle répondit, sûre d'elle :

— Je ne t'ai jamais aimé. Je croyais que je t'aimais, parce que je n'avais jamais connu l'amour.

La vérité la frappa soudain, l'inondant tout entière.

— Je l'ai découvert auprès de mon mari. Je l'aime. Et je l'aimerai tout le reste de ma vie.

Elle s'arracha à l'homme qui n'avait nul droit de la toucher. Son cœur battait à se rompre, elle lisait en elle-même avec une intensité aiguë. Elle aimait Matt! Elle aimait tout ce qu'il était.

Si elle n'avait pas été aussi obsédée par Giorgio quand elle l'avait rencontré, si elle n'avait pas été aussi obnubilée par le désir de faire un enfant... Aveugle, elle avait été aveugle! Elle avait trouvé l'homme de sa vie, son âme sœur. Et elle avait gâché cette chance inouïe.

Elle se mit à courir à travers l'aéroport, vers la file des taxis. Comment réparer? Elle n'en avait pas la moindre idée. Matt la chasserait peut-être de son bureau. Comment pourrait-elle l'en blâmer? Mais elle devait à tout prix aller le trouver, le supplier de lui accorder une deuxième chance. Le convaincre qu'elle l'aimait.

Sinon...

Non. Pas question d'envisager un échec. Elle n'avait que trop nourri des pensées négatives, ces derniers temps. Maintenant, elle devait être positive, oublier ses peurs, cesser de songer à elle-même. C'était à Matt qu'elle devait penser. A Matt, à ses besoins, à ses désirs, à ses rêves. L'amour, c'était ça. Il le lui avait prouvé. Et si elle avait de la chance, il le lui prouverait peut-être encore. Lorsqu'elle aurait elle-même fait ses preuves.

17.

Matt était submergé de travail. Il entendit s'ouvrir la porte du bureau. Rita, sans doute, apportant un café bienvenu.

La porte se referma, chose inhabituelle de la part de Rita. Et aucune odeur de café frais ne vint lui chatouiller les narines. Fronçant les sourcils, contrarié d'être interrompu dans le contrôle des comptes qu'il effectuait, il leva les yeux.

Melissa était devant lui, adossée au battant de la porte.

Il fut si choqué de la voir qu'il douta d'abord du témoignage de ses sens. Mais elle était si vraie, si réelle, qu'il percevait de façon presque tangible l'énergie qui émanait d'elle. Elle était... aussi belle qu'elle l'avait toujours été à ses yeux. Et si vibrante. Elle irradiait de vie.

Son cœur se serra.

Ce n'était pas à cause de lui, c'était impossible. Quelque chose l'avait conduite ici, mais quoi ? Elle portait son uniforme d'hôtesse, c'était donc une visite impromptue. Elle tenait un paquet enveloppé dans du papier... des fleurs, semblait-il. Des fleurs ? Pourquoi ?

Il regarda ses yeux bleus si vifs et si intenses, qui scrutaient les siens avec une sorte de timidité, presque de peur, comme si elle n'était pas sûre d'être bien accueillie. Et en même temps, il lut de la détermination en elle. Comme un défi.

Elle déchaînait en lui un tel tumulte de sentiments qu'il préféra garder le silence. Qu'elle parle la première, puisque c'était elle qui avait pris l'initiative. Mais elle se taisait. Il remarqua que sa poitrine se soulevait à un rythme convulsif. Seigneur, elle avait peur de sa réaction envers elle !

Cela fit horreur à Matt. Melissa n'avait aucune raison de le craindre. Aucune ! Il nè l'aurait jamais violentée, violée. Cette seule idée lui donnait la nausée, et il voulut la mettre à l'aise. Esquissant tant bien que mal un petit sourire ironique, il remarqua :

— Tu as l'air en forme, Melissa.

— Je... j'espère que tu ne m'en veux pas d'être venue.

« Ne me présente pas tes regrets », songea Matt, farouche. Si elle faisait ça, il perdrait le peu de contenance qu'il parvenait à garder.

Avec effort, il eut un haussement d'épaules désinvolte.

— Tu es libre. Tu avais choisi de m'ignorer et je regrette d'avoir remis ça en cause au cours de notre dernier soir de vie commune. Je t'en prie, n'hésite pas à dire ou faire ce que tu penses. Je ne suis pas du genre à brutaliser les gens.

Elle rougit violemment. De honte.

— Je me suis comportée en garce égoïste, je le sais, admit-elle, avant d'ajouter doucement : Surtout après la fausse couche.

Matt demeura immobile, secoué par cette autocritique inattendue et sans concessions. Il ne savait qu'en penser, comment réagir.

— Je... j'espère que tu peux me pardonner, Matt.

Cette supplique lui donna un élan d'espoir fou. Etait-elle venue parce qu'elle souhaitait poursuivre ce qu'ils avaient commencé ? La prudence intervint, lui soufflant de ne pas céder au mouvement instinctif qui le poussait à lui accorder ce qu'elle demandait. Elle éprouvait des remords, des troubles de conscience, voilà tout. Elle cherchait à être de nouveau en paix avec elle-même. Voir autre chose dans sa démarche revenait à s'exposer à un nouveau rejet.

— C'était une période démoralisante. Pour tous les deux, dit-il d'une voix calme. Ce qui est fini est fini, Melissa. Ne t'en fais pas pour moi à ce sujet.

Melissa entendit ces mots comme une sentence de mort. « Ce qui est fini est fini... » C'était ce qu'elle avait découvert face à Giorgio. Si Matt ressentait la même chose face à elle, elle n'avait pas l'ombre d'une chance.

Dans une sorte de frénésie, son esprit lui dicta qu'avec Giorgio, il ne s'était pas agi de véritable amour. L'amour, le vrai, ne mourait pas, lui. Elle n'avait rien négligé pour le détruire, certes, bien que ce fût sans le vouloir. Mais il pouvait sûrement renaître. Ni Matt ni elle n'avaient changé.

Elle l'aimait. Comment avait-elle pu ne pas s'en rendre compte auparavant ? Il était là, derrière son bureau, responsable et solide, tenant les rênes. Son caractère se reflétait dans toute sa personne : fiable, constant, intransigeant quand il s'agissait de survivre, mais toujours prêt à se montrer généreux et attentif aux autres.

Elle l'aimait. Et il était si merveilleusement attirant... Le tissu de sa chemise était tendu sur son torse musclé, les manches relevées laissaient apparaître ses bras hâlés, ses mains fortes et sensibles à la fois, reposant sur le bureau, évoquaient les caresses reçues...

Oh, être embrassée par lui comme seul il savait le faire, sentir encore flamber la passion, jouir de l'union intime, sensuelle et sauvage qu'il avait toujours su lui procurer ! Cela ne pouvait être mort. Elle ne le permettrait pas.

**

Matt luttait pour se maîtriser. Pourquoi Melissa demeurait-elle muette ? Les nerfs à fleur de peau, il guettait sa prochaine parole, son prochain mouvement. Elle l'avait dévisagé comme si... comme si... Non, il ne devait pas se laisser aller à entretenir de vaines illusions.

Pourtant, il était sur des charbons ardents. Il réagit instinctivement, malgré lui, comme elle portait les yeux sur sa bouche... Un désir insensé monta en lui. Comme autrefois.

Ce fut elle qui fit le premier pas.

— J'ai été folle, Matt, reconnut-elle en s'avançant vers lui. Folle de ne pas comprendre la chance que j'avais de t'avoir à moi, folle de gâcher ce que tu m'offrais. Je crois que ce mois passé loin de toi m'a permis de remettre les choses dans leur juste perspective.

Elle avait une voix tendre, passionnée, un regard embrasé et implorant. Tous ces signaux positifs déclenchèrent un branle-bas dans l'esprit de Matt. Elle le voulait. Elle voulait qu'il revienne à elle.

— Je... je t'ai apporté ça. Pour te montrer que j'ai repris mes esprits.

Elle posa son fardeau sur le bureau. C'était un bouquet de roses. De roses rouges. Matt hocha la tête, totalement médusé. Qu'est-ce que c'était que ça ? Un gage de paix, pour effacer les mauvais souvenirs ? Ou donnait-elle à ces fleurs le sens exclusif qu'elle leur avait accordé le dernier soir de leur lune de miel ?

Il leva les yeux vers elle, pressant, interrogateur. Elle lui répondit par un sourire un peu tremblé, mais vibrant.

— Je t'aime, Matt. J'espère que dans ton cœur, tu...

Il se mit debout d'un seul bond, renversant son fauteuil.

— Melissa...

Dans ce nom murmuré, il y avait tout le désir, toute la nostalgie qu'il avait cherché à étouffer. Il ne pouvait en dire davantage. Quelques pas pour contourner le bureau, et elle fut dans ses bras.

Elle entrouvrit les lèvres lorsque sa bouche rencontra la sienne, se pendit à son cou, et se cambra contre lui comme si elle avait aussi envie de lui qu'il avait envie d'elle. Il l'embrassa, avec toute la passion d'un homme frustré depuis des semaines, et qui n'avait plus de goût à rien.

Mais tout revenait en force, à présent, comme un miracle. Il saisit son visage entre ses mains et la contempla, comme s'il ne pouvait se rassasier de la voir, de la savoir présente, bien réelle entre ses doigts. Elle lui répondit par un regard tout aussi éloquent. Il ne trouva pas de mots pour lui exprimer tout ce qu'elle représentait pour lui. Il ne put que la serrer éperdument, sentant battre son cœur, se repaissant de son odeur, de son abandon.

Elle eut un soupir.

— Matt, je regrette profondément...

— Non ! dit-il, retrouvant enfin la parole. Je savais que tu étais fragile, sous ta force apparente, Melissa. Que tu n'étais pas remise de ce qui t'était arrivé. J'ai pris le risque de t'épouser en pensant que j'étais assez fort pour deux. Et j'avais tort. J'ai perdu patience. Je...

— C'est moi qui étais perdue, Matt, rectifia-t-elle tendrement. J'aurais dû me raccrocher à toi jusqu'au moment où je me serais retrouvée.

— Tu avais peut-être besoin d'un peu d'air, suggéra-t-il, prêt à tout excuser, dans son soulagement.

Elle eut un regard éloquent, empreint de reconnaissance.

— J'avais si peur de t'avoir irrémédiablement blessé. Si peur que tu ne veuilles plus m'accueillir dans ton cœur.

— Tu ne l'as jamais quitté, Melissa. Depuis l'instant où nous nous sommes connus.

— Depuis l'instant où tu m'as rencontré ? s'enquit-elle avec étonnement.

Il sourit, sûr de lui.

— Tu es devenue aussitôt le pivot de mon existence. Quand tu as interrompu le père O'Malley, pendant la cérémonie de mariage, j'ai cru que j'allais avoir une crise cardiaque.

Stupéfaite, elle assura :

— J'étais résolue à t'épouser, quoi qu'il arrive. Mon inconscient ne se trompait pas, Matt. Malheureusement, mon cœur ne s'en est rendu compte qu'après. Quand j'ai constaté que, sans toi, ma vie était vide.

Il sourit, vibrant de bonheur.

— Oublions ça. Tout ce qui compte, c'est que tu me sois revenue.

— Cette fois, ce sera encore meilleur, promit-elle avec ferveur.

Il haussa les sourcils, gentiment railleur.

— Je ne vois pas en quoi je pourrais m'améliorer, dans certains domaines.

Elle rit.

— J'ai dit à Rita de ne pas nous déranger.

— Quelle heureuse initiative !

Elle l'émoustillait délibérément, mais il n'avait guère besoin d'encouragement ! Cependant, c'était bon de la voir si provocante. Il était content d'être aussi désiré qu'aimé.

— Approuve-t-elle cet arrangement ? interrogea-t-il d'un ton léger.

— Rita ? Je pense bien ! Il paraît que tu travailles trop et que tu as besoin de souffler un peu.

— Est-elle prête à tenir le fort jusqu'à ce que je sois revenu de mission ? dit Matt, commençant à dégrafer le chemisier de sa femme. Parce que ça peut prendre du temps. Tu as affaire à un homme sevré.

Elle faufila vers lui une main audacieuse.

— Je suis prête pour une action d'urgence, dit-elle avec un sourire. Je suis nue sous mon uniforme.

Le cœur de Matt fit un bond. C'était la réédition du

jour de leurs noces, mais avec plus de liberté et de joie encore dans le don. C'était un départ plus exaltant et plus profond, car ils se connaissaient mieux, ils avaient triomphé ensemble d'une passe douloureuse, et leur lien, toujours présent, n'en avait acquis que plus de force.

— Laisse-moi te montrer comme je t'aime, murmurat-il avec élan.

Il le lui prouva de tout son corps et de toute son âme, dans chaque baiser et chaque caresse, et elle fut pour lui comme un torrent de douceur salvatrice, de passion tumultueuse, de jouissance infinie.

Pas une seule fois Melissa ne songea qu'elle pouvait concevoir un enfant. Elle était toute à l'homme qu'elle aimait et qui l'aimait, et cet accomplissement-là n'avait nul besoin de se nourrir d'autre chose.

Elle était reconnaissante au destin d'avoir trouvé Matt, de le retrouver présent pour elle, désirant et amoureux. Un bonheur inouï la traversait en vagues déferlantes, chassant toutes les douleurs de la séparation.

C'était le vrai commencement de leur union.

Ils se donnèrent l'un à l'autre avec passion. Pour Matt, ni temps ni lieu n'avaient d'importance. Seule comptait leur intimité. Quand la réalité environnante reprit peu à peu ses droits, son regard se posa sur les roses que Melissa lui avait offertes, et dont l'odeur entêtante venait lui chatouiller les narines.

Des roses rouges... Celles de l'amour.

18.

Quatre enfants... jamais ! pensa Matt. Un seul devrait suffire.

— Compris, Timothy Andrew ? murmura-t-il au nourrisson qui se blottissait contre son torse, en quête d'une chose que son père ne pouvait lui donner.

Melissa dormait à poings fermés et Matt était résolu à ne pas la réveiller. Elle avait besoin de se reposer, après la longue épreuve de l'accouchement. Il était lui-même en état de choc, épouvanté par les souffrances qu'elle avait dû subir pour mettre au monde ce minuscule petit bout d'humanité. Pour lui, cela avait été une véritable torture.

— Patiente un peu, Timothy. Songe à ta mère.

C'était merveilleux d'avoir un fils. Mais la fin ne justifiait pas les moyens, oh non ! C'était du moins l'avis de Matt, désormais.

Et puis, quelle idée inhumaine que de réunir l'enfant et la mère dans la même chambre ! C'était sans doute excellent sur le plan affectif, mais comment une femme se reposait-elle, dans de telles conditions ? S'il n'avait veillé à protéger Melissa contre les allées et venues des soignants, elle serait sans doute morte d'épuisement !

Il avait déjà expédié deux infirmières brusques et incompréhensives, exigeant quelqu'un de plus doux pour s'occuper de sa femme. Et peu lui importait qu'on l'eût étiqueté « mari difficile ». Il avait juré de protéger Melissa, et il tiendrait parole.

Timothy se mit à suçoter sa chemise. Matt devina que les choses allaient se gâter. Si minuscule qu'il fût, Tim avait de sacrés poumons ! Quels cris, quand il s'y mettait ! Matt y mit le holà avant qu'il ait ouvert le bec en se levant et en promenant le petit de long en large, lui murmurant une vieille chanson de son enfance.

— Tu as gagné la guerre, Matt ?

La question amusée de Melissa le prit par surprise. Il tressaillit, et pivota vivement pour la regarder. Bien éveillée, à présent, elle lui souriait. Matt n'en revint pas. Après les horribles épreuves qu'elle avait subies, elle semblait en forme !

— J'ai seulement réussi à retarder l'assaut. Il s'était mis à sucer ma chemise.

— Donne-le-moi. C'est l'heure de sa têtée.

— Je ne voulais pas te réveiller.

— Je me sens bien mieux, merci. Tu as été si merveilleux.

Merveilleux, lui ? Il était au trente-sixième dessous, oui ! Il ne parvenait pas à comprendre la sérénité de Melissa, qui donnait à présent le sein au petit, paisiblement.

Il se carra dans un fauteuil, si épuisé qu'il faillit s'endormir en contemplant ce spectacle. Un coup frappé à la porte le fit sursauter. Il bondit, prêt à chasser l'intrus, mais se calma aussitôt en voyant entrer la mère de sa femme.

— Maman ! s'écria Melissa, ravie. Je croyais que tu n'arriverais pas avant ce soir.

Nanny Kelly — ainsi avait-elle choisi de se baptiser pour tenir son rôle de grand-mère — remit à Matt des cadeaux pour le bébé et se précipita vers sa fille.

— J'étais trop impatiente pour attendre le retour de ton père. J'ai pris le train sans lui. Oh, bonté divine ! Mais il a plein de cheveux !

Melissa se mit à rire. Matt en fut soufflé. Elle arrivait à rire ?

— Tout noirs, comme ceux de son père, dit-elle.

Pendant que les deux femmes bavardaient, il les observa dans un silence médusé. Exception faite de la période noire de la fausse couche, Melissa avait toujours manifesté du tempérament. Il était pourtant stupéfait par son endurance, et la façon dont elle semblait avoir déjà oublié les horreurs qu'elle avait subies la veille.

— J'espère que tu n'es pas trop déçue, maman.

— Déçue ? intervint Matt. Mais pourquoi ?

— Tu sais bien, John a encore eu un garçon. Timothy est le huitième petit-fils. Maman aurait aimé qu'il y ait enfin une fille, Matt.

— Aucune importance, ma chérie, assura Nanny Kelly. Du moment que le bébé est en bonne santé.

Matt approuva cette réaction pleine de bon sens. Si Nanny désirait une petite-fille, qu'elle passe commande à Megan, à John ou à Paul !

— Tim est sublime, maman, ronronna Melissa. Peut-être que, la prochaine fois, on aura la chance d'avoir une fille.

Matt se figea. Comment pouvait-elle souhaiter renouveler ses épreuves ?

Cynthia débarqua sur ces entrefaites, suivie de Harold, un ami qu'elle s'était fait au club de bridge et qui prenait de plus en plus de place dans sa vie, semblait-il.

— Mon Dieu, c'est Matt tout craché ! s'écria-t-elle en voyant le bébé.

Melissa se remit à rire. Décidément, pensa Matt. Il devait s'agir d'une forme d'hystérie consécutive à l'accouchement...

— Désolé, maman, se sentit-il tenu de dire — puisqu'elle avait elle aussi rêvé d'avoir une petite-fille. Il va falloir que tu te contentes d'un garçon.

D'autant qu'elle ne serait pas grand-mère une seconde fois ! pensa-t-il.

— Oh, mon chéri, je suis sûre que vous serez aussi heureux d'avoir Tim que nous avons été heureux de t'avoir, ton père et moi, répondit chaleureusement Cynthia.

— Je pense bien ! Je disais ça pour toi.

— Il ne faudra pas trop compter sur moi, annonça-t-elle en rougissant. Je crois que je n'aurai pas beaucoup de temps pour faire du baby-sitting.

Matt ne put dissimuler sa surprise.

— Comment, après m'avoir harcelé pendant des années, tu...

— Matt, voyons. N'est-ce pas toi qui m'as affirmé que tu ne faisais pas un enfant pour me faire plaisir ? Je suis enchantée pour Melissa et toi. Et ce bébé est vraiment adorable...

Il perçut une réticence, un « mais » qui rôdait dans l'air. Irrité, il lâcha :

— Qu'est-ce qu'il y a ? Un petit-fils, ce n'est pas assez bien pour toi !

— Bien sûr que si ! protesta-t-elle, choquée. Et quand je rentrerai...

— Tu pars ?

Cynthia rougit de plus belle.

— J'essayais justement de te le dire... Harold m'a proposé de l'accompagner en voyage. Et je me suis dit : pourquoi pas ?

Matt allait d'étonnement en étonnement.

— Bien sûr, pourquoi pas ? Tu fais bien, maman.

Il lui avait assez prêché de tourner la page sur le passé, et il y avait trois ans, à présent, qu'elle était veuve. Si la compagnie d'Harold lui convenait, il n'y avait pas à hésiter.

— Je suis si contente que tu m'approuves, confia Cynthia avec soulagement.

Elle s'empourpra une fois de plus, comme elle confiait :

144

— Il n'y avait pas lieu de traîner... Nous ne rajeunissons ni l'un ni l'autre, alors nous nous sommes décidés pour ce voyage.

— Où ça ? En Europe ?

— Non... non. J'y suis allée avec ton père. Harold veut remonter l'Amazonie en bateau.

— Pardon ?

— Quelle aventure, Matt ! J'en suis tout excitée.

Sa mère... transformée en aventurière ! Et dire qu'un an plus tôt, il parvenait à peine à la tirer de sa cuisine !

— Après ça, nous pensons aller en Alaska.

— En Alaska ? répéta-t-il, trop sidéré pour réagir vraiment.

— Et puis après, au Kenya.

— C'est bon ! fit-il en levant les mains. Tu as une vie bien remplie. Et tu n'as nul besoin d'un petit-fils.

— Bien sûr que si ! protesta-t-elle, sans comprendre qu'il la faisait marcher. J'adorerai raconter mes aventures à Tim, quand il sera assez grand pour les comprendre.

Là-dessus, elle se tourna vers Melissa et se remit à bavarder avec elle, s'extasiant sur le bébé, demandant des conseils pour une nouvelle teinture de cheveux, et ainsi de suite.

Levant les yeux au ciel, Matt se réfugia dans ses pensées. Les femmes ! songea-t-il. Franchement, elles devaient venir d'une autre planète. Melissa rayonnait, comme si elle n'avait pas frôlé la mort vingt-quatre heures plus tôt. Quant à sa mère... Certes, il avait rêvé de la voir reprendre goût à la vie, mais comment pouvait-elle ne songer qu'à sa couleur de cheveux, quand sa belle-fille venait de passer la pire nuit de sa vie ?

Megan arriva, et ce fut une répétition de la même scène. N'avaient-elles donc rien retenu des épreuves vécues ? Pour sa part, il n'était pas près d'oublier ce qu'il avait vu...

Quand il entendit la réplique suivante de Megan, il faillit ne pas en croire ses oreilles.

— Douze heures de travail, seulement? Et pas de césarienne? Tu t'en es bien tirée, Melissa.

Cette fois, c'en fut trop.

— Bien tirée? s'écria-t-il en se levant d'un bond, laissant les quatre femmes stupéfaites. Tu perds la tête ou quoi, Megan? J'étais auprès de Melissa pendant ces douze heures, et j'ai souffert comme un damné de voir les tortures qu'elle a subies!

Sa mère poussa un soupir, décocha un regard éloquent à Melissa.

— Son père tout craché. Mon mari s'évanouissait à la vue du sang. Il faudra que tu fasses attention à ça, ma chérie, si vous comptez avoir quatre enfants.

— Nous n'aurons pas quatre enfants! cria Matt. Si vous croyez que je vais laisser Melissa supporter cette horreur encore trois fois...

— Matt, voyons, intervint calmement sa femme. C'est toujours plus difficile à la première naissance. Après, ça va de mieux en mieux.

— Les hommes ne supportent pas aussi bien la douleur que les femmes, commenta Nanny Kelly.

— Tu as raison, approuva Megan, pendant que j'y pense. J'avais oublié les réactions de Rob à la naissance de Patrick. Au fond, ils ne devraient peut-être pas autoriser les pères à être présents pendant les accouchements. Même si j'étais diablement contente que Rob soit là pour me soutenir!

— Et partager ce bonheur avec nous, renchérit Melissa en décochant un sourire enjôleur à Matt. Ça m'a aidée, de t'avoir auprès de moi.

Matt se sentit plonger en pleine confusion.

— Tu veux dire que... tu es prête à remettre ça?

— Pour en avoir encore trois comme celui-ci, répondit-elle en contemplant Tim avec attendrissement, je suis prête à tout.

Amour... Ce mot-là était inscrit sur toute sa personne,

146

sur son visage rayonnant, dans ses yeux bleus si lumineux. Matt se sentit fondre.

De quel droit aurait-il privé trois autres petits bouts de chou d'un amour tel que celui-là ? Surtout si c'étaient les siens !

— Comme tu voudras, marmonna-t-il d'une voix enrouée.

Mais il se jura de suivre des cours de préparation à l'accouchement. Il y avait sûrement mieux à faire que de tenir la main d'une femme, ou de lui vaporiser le visage d'eau minérale...

— A quoi bon avoir une maison aussi grande, si on ne la remplit pas ? ajouta Melissa.

Allons bon, il ne manquait plus que l'argument logique. Matt comprit qu'il était vaincu. Quatre marmots ! pensa-t-il. Que le ciel lui vienne en aide !

Deux ans plus tard...

Pendant trois longues heures, Matt effectua la prestation de son existence. Il apaisa Melissa, l'encouragea, lui tint la main. Il ne perdit son sang-froid qu'une fois ou deux, décochant quelques paroles acerbes aux médecins et aux infirmières dans l'énervement du moment. Mais il se comporta plutôt bien, assurant que tout allait pour le mieux quand il n'avait qu'une envie : hurler après tous ces incapables impuissants à hâter le cours des événements.

— C'est une fille, annonça-t-il fièrement, alors qu'il déposait au creux des bras de Melissa le bébé que le médecin venait de lui remettre.

— Marie Claire, murmura la jeune femme, en souriant. Merci, Matt. Je t'aime tant.

— Moi aussi, je t'aime, dit-il, traversé d'émotions si délicieuses qu'il en oubliait presque les douleurs subies.

Il consulta sa montre. Six heures de travail. L'épreuve avait été divisée par deux ! La prochaine fois, il n'y en aurait probablement que pour trois heures ! Il sourit à sa fabuleuse épouse.

— Je peux, décréta-t-il.

— Quoi donc ?

— Tenir le coup pour une famille de quatre.

Elle rit. Matt adorait ce rire.

Le rire et l'amour, pensa-t-il. Pour ces deux merveilles-là, la vie valait vraiment d'être vécue.

Le nouveau visage
de la collection Or

◆

AMOURS D'AUJOURD'HUI

Afin de mieux exprimer sa modernité et de vous séduire encore davantage, votre collection Or a changé de couverture et de nom depuis le 1er mars 1995.

Rassurez-vous, les romans, eux, ne changent pas, et vous pourrez retrouver dans la collection **Amours d'Aujourd'hui** tous vos auteurs préférés.

Comme chaque mois, en effet, vous y attendent des héros d'aujourd'hui, aux prises avec des passions fortes et des situations difficiles...

COLLECTION
AMOURS D'AUJOURD'HUI :
Quand l'amour guérit des blessures de la vie...

Chère lectrice,

Vous nous êtes fidèle depuis longtemps?
Vous venez de faire notre connaissance?

C'est pour votre plaisir que nous avons
imaginé un rendez-vous chaque mois
avec vos auteurs préférés, vos
AUTEURS VEDETTE dans les
collections Azur et Horizon.

Les AUTEURS VEDETTE vous
donneront rendez-vous pour de
nouveaux livres vedette.

Pour les reconnaître, cherchez
l'étoile... Elle vous guidera!

Éditions Harlequin

COLLECTION
HORIZON

Des histoires d'amour romantiques qui
vous mènent au bout du monde!

Découvrez la passion et les vives
émotions qu'apportent à la Collection
Horizon des auteurs de renommée
internationale!

Captivantes, voire irrésistibles, ces
histoires d'amour vous iront
assurément droit au coeur.

Surveillez nos quatre nouveaux titres
chaque mois!

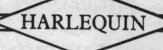

HARLEQUIN

COLLECTION
ROUGE PASSION

- Des héroïnes émancipées.
- Des héros qui savent aimer.
- Des situations modernes et réalistes.
- Des histoires d'amour sensuelles et provocantes.

LAISSEZ-VOUS TENTER
par 4 titres irrésistibles
chaque mois.

RP-1

Composé sur le serveur d'EURONUMÉRIQUE, À MONTROUGE
PAR LES ÉDITIONS HARLEQUIN
Achevé d'imprimer en août 2000
sur les presses de l'Imprimerie Bussière
à Saint-Amand-Montrond (Cher)
Dépôt légal : septembre 2000
N° d'imprimeur : 1651 — N° d'éditeur : 8425

Imprimé en France